その日の予定

L’ordre du jour

RÉCIT

Éric Vuillard

その日の予定

事　実　に　も　と　づ　く　物　語

✦

エリック・ヴュイヤール

塚原 史＝訳

Fumi Tsukahara

岩　波　書　店

L'ORDRE DU JOUR
RÉCIT

by Éric Vuillard

First published 2017 by Éditions Actes Sud, S. A., Arles.

This Japanese edition published 2020
by Iwanami Shoten, Publishers, Tokyo
by arrangement with
Éditions Actes Sud, S. A., Arles,
through le Bureau des Copyrights Français, Tokyo.

目次

主な登場人物
1 秘密の会合 1
2 仮面 9
3 儀礼的訪問 19
4 脅迫 25
5 ベルクホーフの会見 31
6 やむを得ない決定 49
7 絶望的な企て 59

8 電報を待った日 63
9 ダウニング街の別れのランチ 71
10 「電撃戦（ブリッツクリーク）」 83
11 戦車の大渋滞 91
12 電話の盗聴 97
13 ハリウッドの貸衣装店 105
14 幸せのメロディー 111
15 死者たち 117
16 あの人たちはいったい何者なんだ？ 125

解説（三島憲一）
関連画像
訳者あとがき

主な登場人物

ナチ幹部

アドルフ・ヒトラー
(Adolf Hitler 1889-1945)
ブラウナウ・アム・イン(オーストリア)生まれ。国民社会主義ドイツ労働者党の指導者。一九三三年一月三〇日、ドイツ首相に就任。ソ連軍の総統官邸占拠の直前にピストル自殺。

ヘルマン・ゲーリング
(Hermann Göring 1893-1946)
ライヒスターク議長。のち航空相。またプロイセン州内相、同首相。四カ年計画全権として軍備拡張を推進。ニュルンベルク裁判で死刑判決。死刑執行直前に青酸カリで自殺。

ヨーゼフ・ゲッベルス
(Joseph Goebbels 1897-1945)
国民啓蒙・宣伝相。プロパガンダに携わる。終戦直前に自殺。

ヨアヒム・フォン・リッベントロープ
(Joachim von Ribbentrop 1893-1946)
ワイン貿易商を経て、外交事務所(リッベントロープ機関)を組織。一九三六年から駐英大使、のち外相。ニュルンベルク裁判により絞首刑に処せられる。

フランツ・フォン・パーペン
(Franz von Papen 1879-1969)
ドイツ首相(一九三二年)ののち、ヒトラー内閣で副首相、一九三六年から駐オーストリア大使。

ヒャルマール・シャハト
(Hjalmar Schacht 1877-1970)
ライヒスバンク総裁(一九二三―三〇、三三―三九年)。経済相(一九三四―三七年)。再軍備の金融面を担当。

一九三三年二月二〇日会議の主な参加者や財界人

ヴィルヘルム・フォン・オペル
(Wilhem von Opel 1871-1948)
オペル自動車会社創業家の一人で、ナチ党の熱心な支援者。

ギュンター・クヴァント
(Günther Quandt 1881–1954)
ヴァルタ電池製造会社、のちにBMW自動車会社などを所有する一族の一人。元妻はゲッベルスと結婚。

グスタフ・クルップ
(Gustav Krupp 1870–1950)
ドイツ最大の鉄鋼・兵器財閥の継承者。ドイツ産業連盟会長。ナチの政治資金調達組織の最高幹部。

カール・フォン・ジーメンス
(Carl von Siemens 1872–1941)
ドイツ最大の電機産業コンツェルンの会長。

フーゴ・シュティネス・ユニオーア
(Hugo Stinnes junior 1897–1982)
父の築いた巨大炭鉱・船舶コンツェルンの継承者。巨大電力会社ライン・ヴェストファーレン電力会社(RWE)の重役。

ゲオルク・フォン・シュニッツラー
(Georg von Schnitzler 1884–1962)
化学産業の大企業IGファルベン(強制収容所で使用されたチクロンBガスを製造したのは系列会社)の経営責任者。

フリッツ・シュプリンゴールム
(Fritz Springorum 1886–1942)
大手鉱業会社の社長、政治家。

クルト・シュミット
(Kurt Schmitt 1886–1950)
アリアンツ保険会社の経営責任者、経済相。

エデゥアルト・シュルテ
(Eduard Schulte 1891–1966)
大手鉱工業会社の経営者。のちにホロコーストの情報を連合国側に伝える。

アウグスト・フォン・フィンク
(August von Finck 1898–1980)
銀行家。アーリア化でユダヤ人企業を引き継ぐ。

アルベルト・フェーグラー
(Albert Vögler 1877–1945)
ドイツ人民党の創設に関与。ナチ政権を支援した鉄鋼・軍需産業の重鎮。

フリードリヒ・フリック
(Friedrich Flick 1883–1972)
フリック・コンツェルンを率いた富豪で、兵器製造や献金でナチスと深く関わる。

オーストリア・英仏の政府要人

アルトゥール・ザイス＝インクヴァルト
(Arthur Seyß-Inquart 1892–1946)
一九三一年にドイツのナチ党の友好・親善組織に入り、三八年にナチ党に入党し、オーストリア内相。のち同首相、オストマルク長官。ニュルンベルク裁判により絞首刑。

クルト・(フォン・)シュシュニク
(Kurt（von）Schuschnigg 1897–1977)
一九三四年からオーストリア首相。オーストロファシズムといわれる独裁体制を敷いた。第二次大戦中はドイツの強制収容所に収監され、戦後はアメリカで大学教授を務める。

ヴィルヘルム・ミクラス
(Wilhelm Miklas 1872–1956)
オーストリア大統領（一九二八—三八年）。

ハリファックス卿
(Edward Frederick Lindley Wood, 1st Earl of Halifax 1881–1959)
イギリスの政治家。インド総督を経て、一九三八年から外務大臣。のち在アメリカ大使。

ネヴィル・チェンバレン
(Neville Chamberlain 1869–1940)
イギリスの政治家。財相などを経て、一九三七年から首相。

ウィンストン・チャーチル
(Winston Churchill 1874–1965)
イギリスの政治家。内相、海軍相などを経て、一九四〇年から首相。

エドゥアール・ダラディエ
(Édouard Daladier 1884–1970)
フランスの政治家。一九三三年から三度にわたり首相。

ローラン・エヴランに捧げる

1　秘密の会合

太陽は冷たい星だ。その心臓には氷の棘が生え、その光線は赦しを知らない。二月、木々は死に絶え、川が凍りつく。水源の泉がもう水を吐き出さず、海がもう水を呑みこめなくなったかのように。時間は凝固する。朝だ。物音ひとつ、鳥の歌ひとつ無く、何も聞こえてこない。やがて、一台の自動車、つぎにもう一台、そして突然足音、そして影法師。でも、姿は見えない。舞台監督が拍子木を三度打ったが、幕はまだ上がらない。

今日は月曜だ。霧のカーテンの後ろで街がうごめく。人びとはいつものように仕事に出かける。トラムかバスに乗ると、混雑する車内をかき分けて屋上席にたどり着き、ひどい寒さの中で物思いにふける。だが、その年〔一九三三年〕の二月二〇日はありきたりの日付ではなかった。それでも、たいていの者たちは午前中仕事に精を出し、労働というつつましい、大きな嘘に浸りきって過ごした。彼らのちょっとした小さな動作には、都合の良い無音の真実がこめられ、我々の生存という英雄的行為のいっさいが勤勉なパントマイムに要約されているのだ。こうして、その日は何ごともなく、ごく普通に進行した。誰もが家と工場、市場と洗濯物を干す中庭とのあいだを往復し、夕方には事務所から居酒屋へ向ってようやく帰宅する頃、つつましい労働からも、家庭生活からも遠く離れたシュプレー川〔チェコ国境に発しベルリン市街を流れて北上する大河〕のほとりの宮殿の前で、紳士たちがつぎつぎと自動車から降りてくる。車のドアが馬鹿丁寧に開けられると、彼らはそれぞれの黒い大型セダンから降りて、砂岩の重々しい列柱の下を一列になって歩いた。

河岸の死んだような木々の傍で、紳士たちは総勢二四名。二四の黒やマロン色やコニャック色の外套、ウールに包まれた二四組の肩、二四の三つ揃いのスーツ、ズボンはダーツ入りのウェストで、裾は幅の広い折り返し付きだ。彼らの影はライヒスターク(国会)議長宮殿の巨大な正面玄関に入り込む。だが、国会も存在理由を失い、議長もすぐに存在しなくなるだろう。その数年後には建物さえなくなってしまい、瓦礫(がれき)の山が煙を上げているだろう。

さしあたり、二四人がフェルト帽を脱いで、二四の禿げ頭か、あるいは白髪が冠状に残る頭部が露わになる。舞台に上がる前に玄関の大ホールで、尊敬すべき高貴なお偉方たちはもったいぶって握手しあい、打ち解けた、高尚な話題を交わす。まるで、ちょっと気取った園遊会の開宴前のようだ。二四の影法師は気をつけて大階段の一段目を乗り越え、それからは一段ずつ小さな階段を呑みこんでゆく。彼らは老いた心臓を酷使しないように時々立ち止まりながら、片方の手でステッキの銅製の柄を握りしめて登る。まるで、見えない枯葉の山を踏みしめるような歩き方だ。眼は半ば閉じているから、優雅な手すりや丸天井を鑑賞する余裕はない。紳士たちは小さな入口から右の方に案内され、そこから碁盤模様（ダミエ）の床を数歩進んで、三階に通じる階段を三〇段ほど登攀しなくてはならなかった。登山隊の先頭が誰だったのか、私は知らないし、最後尾が誰だったのかも、ほとんど重要ではない。というのも、二四人はまったく同じことをして、同じコースをたどらなくてはならなかったのだ。階段の踊り場で右に曲がると、やっと左側に自在扉（スイングドア）が大きく開かれていて、彼らはすでにサロンに入っていた。

　文学にはすべてが可能だという。それなら私は、彼らにペンローズの階段を永遠に回らせることもできるだろう。歩き出すと、彼らはもはや登りきることも降りきることもできず、途中まで登ると、また途中まで降りるという動きを繰り返すのである。事実、それは少しばかり、作家が本を書く際の印象でもある。文字で書かれた言葉の時間は、密集しているか流れているか、中に入り込めないか中身が詰まっているか、濃密か、引き伸ばされているか、顆粒状か、どちらにしても、運動を凝固させ、メデューサのように石に変えてしまう。私たちの登場人物たちもまた、魔法をかけられた城の中にいるように、宮殿から永遠に出られないのだ。入った途端、彼らは雷に打たれ、石に変えられ、凍りつく。扉は閉じていても開いているのと同じことで、扉上部の古びた明り取り窓が剝ぎ取られ、壊れて、塗り直されている。階段の踊り場はピカピカだが装飾品はなく、灯の消えたシャンデリアが揺れている。ここで私たちは時空を行き来することになり、アルベルト・フェーグラーが最初の踊り場まで階段を登ったところだ。汗をかいたので、彼はシャツの付け襟に手を伸ばす。汗がしたたり落ちるほどで、軽いめまいさえ覚える。次の踊り場までの階段を照らす金色の大きな丸いランプの下で、彼はチョッキを整え直し、ボタンをひとつ外して付け襟をゆるめる。たぶん、グスタフ・クルップもやはり踊り場で立ち止まり、アルベルトに同情する言葉を掛ける。老齢についていての気の利いた表現で、要するに連帯感を示したのだ。それからグスタフはまた先に進むが、アルベルト・フェーグラーはしばらくのあいだシャンデリアの下で、一人で休んでいる。それは金メッキの大きな植物で、中心に巨大な電球が光っている。

ようやく、二人は小サロンに入った。カール・フォン・ジーメンスの私設秘書ヴォルフ＝ディートリヒ〔・フォン・ヴィッツレーベン〕が、両開き窓の近くでバルコニーを覆う霧氷の薄い層を眺めて少しだけ時間をつぶしている。彼は一瞬だけ、白い真綿のような雪で覆われたこの世界の下世話な小細工から抜け出す。居合わせた他の者たちがモンテクリスト・シガーを吸いながら談笑し、葉巻の外巻葉はクリーム色かトープ色〔灰褐色〕か、葉巻の好みはソフトかスパイシーか（彼らは皆羊の骨のような極太サイズの愛好者だ）などと無駄口を叩いているあいだ中、金の指輪をうわの空で押しながら、ヴォルフ＝ディートリヒは窓辺で夢想に耽り、葉の落ちた木々の枝のあいだを浮遊し、シュプレー川の上を漂っている。

数歩離れたところでは、天井を飾る石膏の繊細な人形たちを鑑賞しようとして、ヴィルヘルム・フォン・オペルが立ち上がり、大きな丸い眼鏡を鼻からずらしている。彼もまた、何世代も前から今日まで社会的上昇を続けた家系の一員だ。先祖はブラウバハの教区の小地主から、法服や農作物や農地や税金を山のように積んで昇進し、まず行政官になり、それから市長に出世した後で、アダム（オペル社の創業者）が母親の鍵のかかった胎内から出てきて、錠前製造業のあらゆる技術を身に着け、素晴らしい裁縫用ミシンを考案した。それが一族の繁栄のほんとうの始まりであり、実は彼自身は何も発明していない。彼はまず、ある製造業者に雇われて仕事を注意深く観察し、頭を下げて苦労した末に少しだけ元のモデルを改良したのだ。アダムはゾフィー・シェラーと結婚した。彼女は夫に多額の持参金をもたらし、彼は自社製の最初のミシンに妻の名を付けたが、その後、ミシンの生産は増加の一途をたどった。ミシンの普及が頂点に達して時代の流行曲線に追いつき、人びとの生活習慣の一部になるためには、数年もあればじゅうぶんだった。この機械の真の発明者たちは登場するのが早すぎたのだ。自社製のミシンの成功を確信すると、アダム・オペルはヴェロシペード〔最初期の自転車〕の生産に乗り出した。だがある晩、不思議な声が玄関の扉のすき間からすべり込んで、彼自身の心臓がひどく冷たく感じられた。といっても、権利の使用料を取りたてるミシンの発明者たちの声でも、利益の分け前を要求する労働者たちの声でもなかった。それはアダムの魂を求める神の声だったから、魂を神に返さなくてはならなかった〔一八九五年九月八日、五八歳で急死〕。

けれども、企業は男たちと一緒に死ぬわけではない。企業とはけっして死滅することのない神話的な身体なのだ。オペル・ブランドは自転車を売り続け、次に自動車を販売した。創業者が死んだ時、会社の従業員はすでに一五〇〇人を数え、その後も増え続けた。企業はひとつの人格であり、その身体のすべての血液は頭に上ってゆく。それは法人と呼ばれ、その生命は私たちの生命よりはるかに永く持続する。だから、ヴィルヘルムがライヒスタ―ク議長宮殿の小サロンでもの思いに耽っていた二月二〇日には、オペル社はすでに老婦人だった〔一八六二年創業〕。現在では、オペル社はもうひとつの大帝国の一部〔二〇一七年までジェネラル・モーターズの子会社〕でしかなく、老アダムのミシンとのつながりは、はるかな過去に遠ざかってしまった。そして、オペル社が非常に裕福な老婦人だとしても、彼女は年を取り過ぎていて、もう誰もほとんど注目しなかった。これから先、彼女は風景の一部になってしまう。現在、オペル社は多くの国々より高齢なのだ。レバノンより、ドイツ自身より、アフリカの大多数の国家より年寄りだし、神々が雲海に姿を消してしまうブータン〔一九〇七年建国〕より年寄りなのだ。

2 仮面

こんな具合に、宮殿に入った二四人の紳士たちに一人ずつ接近することもできるだろう。彼らはシャツの付け襟の拡がりや、ネクタイの結び目に軽く触れ、口髭をいじって一瞬私たちを惑わせ、上着の細い縞のあいだで夢想し、悲しげな眼差しに身を沈めるのだが、そこで、棘のある黄色いアルニカの花の奥の方に、私たちは同じ小さな扉を見つけるだろう。誰かが呼び鈴の紐を引くと、再び時間が逆行することになり、私たちは権謀術数、大金持ちとの結婚、疑惑に満ちた取引などが次々に起こる過去の情景を追体験する権利を手にするだろう――紳士たちの単調な手柄話だ。

この日、二月二〇日、アダムの息子ヴィルヘルム・フォン・オペルは、爪のあいだに入り込んだ機械油の汚れをこれが最後とブラシで落とし、ヴェロシペードを倉庫にしまい込み、ミシンのことなどすっかり忘れて、彼の一族の伝説（サガ）のすべてを要約した小さな敬称〔貴族を表すフォン〕を身に着けていた。六二歳という人生の高みから、彼は懐中時計を取り出し、咳払いをしてから周囲を見渡す。ヒャルマール・シャハトは良い仕事をした――近々ライヒスバンク総裁と経済大臣に任命されるだろう、と考えながら。テーブルのまわりに集まったのは以下の面々だった。グスタフ・クルップ、アルベルト・フェーグラー、ギュンター・クヴァント、フリードリヒ・フリック、エルンスト・テンゲルマン、フリッツ・シュプリンゴールム、アウグスト・ロステルク、エルンスト・ブランディ、カール・ビューレン、ギュンター・ホイベル、ゲオルク・フォン・シュニッツラー、フーゴ・シュティネス・ユニオーア、エデゥアルト・シュルテ、ルートヴィヒ・フォン・ヴィンターフェルト、ヴォルフ＝ディートリヒ・フォン・ヴィッツレーベン、ヴォルフガング・ロイター、アウグスト・ディーン、エーリヒ・フィックラー、ハンス・フォン・レーヴェンシュタイン・ツー・レーヴェンシュタイン、ルートヴィヒ・グラウエルト、クルト・シュミット、アウグスト・フォン・フィンクそしてシュタイン博士。まさにドイツの産業界と財界の至福(ニルヴァーナ)の場面である。彼らは今ではおしゃべりをやめて、大人しくしている。二〇分近くも待たされて、少しぼーっとしているようだ。長い葉巻の煙が彼らの視覚を刺激する。

しばらく黙想が続くあいだに、数人の影が鏡の前で立ち止まってネクタイの結び目を緩める。小サロンはくつろぐ場所だ。パッラーディオ〔一六世紀ヴェネツィアの建築家〕は建築に関する四冊の著書の一冊のどこかで、サロンはレセプションの部屋、人生のヴォードヴイルが演じられる舞台であると、かなりあいまいに定義している。そして、彼の有名なヴィラ・ゴディ・マリンヴェルニでは、裸体の神々が廃墟を模した造形のあいだではしゃぎ回るオリンポスの部屋と、幼な子と小姓が壁に描かれただまし絵の扉から逃げ出そうとしているヴィーナスの部屋を通ると、中央のサロンにたどりつくが、そこでは、入口の上部の「そして我らを悪から解放したまえ」という祈禱の結語が記されたカルトゥーシュ〔飾り枠の中央に銘文や紋章を描いた装飾〕が見つかる。だが、私たちの会合が開かれたライヒスターク議長宮殿では、この種の銘文を探しても無駄だ。銘文の準備はその日の予定には入っていなかった。

高い天井の下では、数分がゆっくりと過ぎる。紳士たちは微笑を交わし、革のブリーフケースを開く。シャハトは時々細い縁の眼鏡を上げて鼻をこすり、舌で両唇の縁(へり)をなめる。招待客たちは大人しく座ったままで、ザリガニのような小さな眼を扉の方に向けている。誰かが二回くしゃみをするあいだにひそひそ話だ。ハンカチが広げられて、鼻の孔からトランペットの響きが沈黙を破るが、すぐに元に戻り、誰もが辛抱強く会合の開始を待っている。彼らはこういう集まりには慣れている。全員がいくつもの企業の重役や理事を兼務し、全員が何らかの企業家団体のメンバーである。全員がこの厳格で退屈な族長たちの陰気な家族会に呼ばれたことは言うまでもない。

最前列では、グスタフ・クルップが片方の手袋で赤ら顔を扇いでいる。彼はきちょうめんにハンカチを口にあてて、咳払いをする。風邪を引いているのだ。年とともに、その薄い唇は見苦しい下向きの三日月の曲線を描き始めている。悲しげで、不安そうな表情だ。希望と計算が重なる、先の見えない霧のような夢想の途中で、見事な金の指輪を指先で機械的に回している――クルップにとって希望と計算は、時間をかけてたがいに引き合うかのように、ひとつの意味しか持たないのかもしれない。

突然、扉がきしんだ音を立て、床がぎしぎし言い始める。歓談の場は控えの間だったのだ。二四匹の蜥蜴(とかげ)たちは後脚で起き上がり、直立する。ヒャルマール・シャハトは唾を飲み込み、グスタフは片眼鏡をかけ直す。両開きの扉の後ろから、押し殺したような声に続いて口笛が聞こえ、ライヒスターク議長が微笑みながら入場する。ヘルマン・ゲーリングだ。といっても、そのこと自体は私たちを驚かせるまでもない、月並みで慣習的な出来事である。ビジネスの世界では派閥争いはたいした事件ではないし、政治家と実業家は親しく付き合うのが普通だ。

だから、ゲーリングはテーブルを回って一人ずつ言葉をかけ、優しげな手を伸ばして握手した。けれども、ライヒスターク議長は客人たちを歓待するためだけに登場したわけではない。彼は歓迎の挨拶を数語だけ述べるとすぐに、間近に迫った三月五日の国会選挙のことをほのめかし、二四のスフィンクスたちは彼の声を注意深く聞いた。予想される戦いは決定的に重要であると、ライヒスターク議長は宣言した。不安定な政治体制に終止符を打つ必要があるのは、経済活動が平穏で堅調な状況を要求しているからだ。二四人の紳士たちが律儀にうなずくと、シャンデリアの電球が点滅し、天井に描かれた大きな太陽はさっきまでよりいっそう明るく輝いた。もしナチ党が過半数を獲得すれば、とゲーリングはつけ加える。今度の選挙は今後一〇年で最後の選挙になるだろう。そして、笑いながらこうつけ加えた――今後一〇〇年で最後の選挙に。

同意の意思表示の波がテーブルを一周した、ちょうどその時、扉のあたりで物音がして、新首相がようやくサロンに入ってきた。彼に一度も会ったことのない者たちは、この男の様子に目を凝らした。想像していた様子とはまったく違って、ヒトラーは微笑み、リラックスしていた。感じが良くて、思っていたよりはるかに愛想が良かった。彼は客人たちにひと言ずつ謝意を述べ、力強く手を握った。ひととおり挨拶が済むと、誰もが自分の快適な肘掛け椅子に戻った。クルップが相変わらず最前列に位置して、ごく小さな口髭を神経質そうに指で触っている。彼のすぐ後ろはＩＧファルベンの二人の指導者だったが、他にもフィンク、クヴァント、その他の面々がもったいぶって脚を組んで座っている。こもるような音の咳払いが聞こえ、万年筆のキャップがかすかな金属音を立てたあとは沈黙が支配した。

彼らが耳を傾けて聴いたヒトラーの話は、結局、次のように要約される。軟弱な政治体制と縁を切って、共産主義の脅威を遠ざけ、労働組合を廃止して社長が自分の会社の指導者(フューラー)になれるようにすることが必要なのだ、と。演説は三〇分続いた。ヒトラーが話し終えると、グスタフが立ち上がり、一歩前に進み出た。彼は出席したすべての招待客を代表して、ヒトラーがようやく政治情勢を明確にしてくれたことに謝意を述べた。首相は会場を足早に一周して、再び立ち去った。紳士たちは礼儀正しく、彼を祝福した。年寄りの実業家たちはほっとしたように見えた。ヒトラーが退席するとゲーリングが発言し、いくつかの見解を精力的に繰り返してから、また三月五日の選挙の話になった。この選挙は、彼らが入り込んだ出口のない状況から抜け出すための唯一の機会なのだが、選挙戦を戦うには資金が必要だ。ところが、ナチ党にはもはや一銭も残ってはいない。その瞬間に、ヒャルマール・シャハトが立ち上がって会場の紳士たちに微笑みかけ、こう叫んだ。「では皆さん、お金を出す番です。」

この種の要請は、たしかに少々無礼ではあったが、その場の紳士たちにとってはちっとも目新しいものではなかった。彼らは賄賂や袖の下にはなれっこだったのだ。買収工作の費用は大企業の予算の不可避の部分を占め、ロビー活動、心付け、政党への融資など、いくつもの名目で実行されていたから、招待客の大多数はすぐに数十万マルクをナチ党に注ぎ込んだ。グスタフ・クルップは一〇〇万、ゲオルク・フォン・シュニッツラーは四〇万寄付したので、結構な金額が集まった。こうして、一九三三年二月二〇日のこの会合では、ナチ党との前代未聞の妥協というドイツの会社経営史上例のない場面が見られたのだが、クルップ一族、オペル一族、ジーメンス一族にとっては、ビジネスの世界のごくありふれたエピソード、平凡な資金移転のひとつにすぎなかった。彼らは皆体制を越えて生き延び、将来も各社の実績に応じて政党に資金を提供し続けるだろう。

だが、二月二〇日の会合の意味をもっとよく理解して、その永遠性の意味を把握するためには、今後はあの紳士たちを本当の名前で呼ばなくてはならない。つまり、一九三三年二月二〇日午後、ライヒスターク議長宮殿にいたのは、もはやギュンター・クヴァント、ヴィルヘルム・フォン・オペル、グスタフ・クルップ、アウグスト・フォン・フィンクではない。彼らを別の名前で語る必要があるのだ。なぜなら、「ギュンター・クヴァント」はコードネームであり、それは宴会のテーブルで自分の席に品よく腰掛けて、口髭をいじっている善良な太った紳士とはまったく別の何かを隠している。彼の背後、真後ろには、恐ろしく威圧的な影法師が立っているのだ。石像のように冷たくて不可解な、守護者の影が。そうだ、あらゆる権力を伴ってクヴァントの顔の上に張り出す、名を隠した残忍な影が彼に仮面の冷酷さを与える。それは自分自身の皮膚よりぴったりと顔に貼り付く仮面であり、その上からでもクヴァントだと察しがつく。それは私たちが知っている蓄電池製造株式会社、後のヴァルタ電池会社という仮面だ。というのも、古代の神々がさまざまな形態を取り、時代の変遷につれて別の神々と合体したように、会社という法人もまたそれぞれの化身(アヴァター)を持っているのである。

結局、それがクヴァント一族の正統な名前であり、造物主としての彼らの名称なのであって、ギュンターの方は、あなたや私のようなごくちっぽけな肉と骨の塊でしかなく、彼の後には息子たちや息子の息子たちが王座に就くだろう。肉と骨の小さな塊が地中で腐り果てても、王座の方は健在なのだ。だから、あの二四人の名前は、戸籍簿が私たちにそう信じ込ませているように、シュニッツラーでもヴィッツレーベンでもシュミットでもフィンクでもロステルクでもホイベルでもない。彼らはBASF、バイエル、アグファ、オペル、IGファルベン、ジーメンス、アリアンツ、テレフンケンと呼ばれるのだ。こうした名称で、私たちは彼らを知っている。とてもよく知ってさえいる。これらの名前で、彼らは私たちの生活の内部に、私たちのあいだに存在している。彼らが私たちの自動車であり、洗濯機であり、洗剤であり、目覚まし付きラジオであり、火災保険であり、腕時計の電池なのだ。モノの形を取って、いたるところに彼らは存在する。私たちの日常生活は彼らのものだ。彼らは私たちの病気の世話をして、服を着せ、照明を灯し、世界中の道路で私たちを輸送し、私たちを揺りかごで寝かしつける。だから、ライヒスターク議長宮殿に集まった二四人の紳士たちは彼らの商品の代理人以外の何者でもなく、大企業に仕える聖職者にすぎない。彼らは〔古代エジプトの〕創造神プタハの神官であり、あの日も、地獄の門の前に置かれた二四台の計算機のように、無感動なままでそこにいたのだった。

3 儀礼的訪問

ある種の漠然とした傾向が私たちを敵に引き渡し、受け身で、不安に満ちた存在に変えてしまった。それ以来、現代の歴史書は霊感と理性が合意したような、恐ろしい出来事を反芻(はんすう)している。だから、産業界や銀行の高位の聖職者が改宗してしまうと、彼らに対立する者たちは沈黙を強いられ、体制の真剣な敵対者は外国の列強諸国だけになる。フランスとイギリスに対してはドイツ側からの言葉の調子がきつくなり、実力行使をちらつかせる声と友好的な声がまじりあっていた。こうして、一九三七年一一月には、これら二種類の気分の異なる表現のやりとりのあいだに、ザール地方併合とラインラントの再軍備、あるいはコンドル飛行隊によるゲルニカ爆撃に関してまったく形式的な抗議が数回なされた後で、イギリス枢密院議長ハリファックス卿は個人的資格でヘルマン・ゲーリングの招待を受け、ドイツに向った。ゲーリングは空軍大臣、ドイツ空軍(ルフトヴァッフェ)総司令官、ライヒ〔ドイツ第三帝国(ヒトラー政権)〕森林・狩猟長官、機能を失ったライヒスターク議長で、ゲシュタポの創設者である。それだけでも大ごとだが、ハリファックスは嫌な顔をしなかった。彼は、この悪名高い反ユダヤ主義者で、胸に勲章を飾り立てた陽気で奔放な男のどこにも怪しげな感じを受けなかった。だからといって、ハリファックスが陰謀を隠した人物にかつがれたとはいえないし、彼が相手のダンディな服装や果てしなく続く称号や、錯乱的で陰険な話術や、でっぷりした肥満体に気づかなかったわけでもない。それは違う。当時は二月二〇日の会合からすっかり時が経っていて、ナチスはあらゆる慎みを放棄していた。彼らは一緒に狩猟を楽しみ、一緒に大笑いして、一緒にディナーを楽しんだ。ヘルマン・ゲーリングは惜しげもなく親愛の態度と好意を示した。役者志望だったはずで彼なりのやり方で役者になったこの男は、少しからかうように年老いたハリファックスの肩を軽くたたき、面と向って意味のあいまいな冗談を口にしたに違いない。受け手の方は唖然として、猥談でも聞かされたように困惑していた。

狩猟長〔ゲーリング〕は、彼の霧と埃のケープでこの老人を丸め込もうとしたのだろうか？　だが、ハリファックス卿は、ドイツ産業界の二四人の偉大な神官たちと同じくらいにはゲーリングの事情に精通していたはずで、暴動首謀者〔一九二三年ミュンヘン一揆に突撃隊を率いて参加〕としての経験、度を越した制服趣味、モルヒネ依存症、スウェーデンでの隠遁生活〔ミュンヘン一揆で負傷後、妻の実家のあったスウェーデンで療養〕、暴力癖と精神障害と鬱病という重大な診断結果、自殺傾向など、彼の履歴を少しは知っていたと思われる。この男は第一次大戦のパイロット、空中戦の英雄、パラシュートの商人、つまり一人の老兵に甘んじることはできなかったのだ。ハリファックスにしても、お人好しでも交渉の素人でもなかったから、訪問の際の散歩が少々奇妙だと感じる程度の情報は得ていた。散歩の最中に、バイソンを放し飼いにしている広大な庭園を二人が連れ立って散策する様子が短編の映像に映っているが、そこでゲーリングはひどくリラックスして、何の不自由もない生き方について自説を吹聴している。ハリファックスは、相手が帽子に着けた不思議な小さい羽根や毛皮の襟、おかしなネクタイに気づかずにはいられなかった。おそらく、ハリファックスも彼の年老いた父同様、狩猟が好きだったから、ショルフハイデ〔ゲーリングの豪邸があった広大な森林地帯〕で相当楽しめたはずだが、ヘルマン・ゲーリングが着ていた革のチョッキや腰のベルトに付けた短刀が見えなかったことも、卑猥な冗談に包まれた陰険な暗示が聞こえなかったこともあり得なかった。彼はたぶん、ゲーリングが軽業師(サルタンバンク)の変装をして弓で矢を射るのを目にしたはずだ。飼育された野生動物も見たし、幼い子ライオンがご主人の顔を舐めにやって来るのも見たことだろう。もっとも、ゲーリングとそこで一緒に過ごしたのは一五分だけだったから、そうした場面は何も見なかったとしても、彼の邸宅の地下室にある子ども用の鉄道模型の巨大な線路の話は聞いたにちがいないし、ゲーリングがささやいた多くの異様な馬鹿話は、否応なしに耳に入っていた。そして、古狐のハリファックスは、ゲーリングの狂気じみた自己崇拝癖(エゴマニー)を知らずにすませるわけにはいかなかったから、おそらく彼がオープンカーを運転中に突然ハンドルを放して、風を受けながら叫ぶ光景さえ目にしただろう！　そうだ、ぼてぼてして膨らんだ仮面に隠された恐るべき核心を、彼は見抜かずにはいられなかったはずだ。ところが、その後で彼は総統(フューラー)に会った時も、何も気づかなかったことになっている。あのハリファックスが！イーデンの留保を無視して、彼はオーストリアとチェコスロヴァキアの一部に対するドイツの野望は、それが平和と協調を条件に実行に移されるなら、女王陛下の政府にとって不当だとは思われないとヒトラーに思わせることまでやってのけたのだ。ハリファックスは人嫌いではなかったが、このエピソードは彼の人物像に独特の香りをふりまいている。ベルヒテスガーデン〔バイエルンの山間の町。ここではヒトラーの山荘〕の前で降ろされたハリファックス卿は車の近くで人影を認め、制服を着た使用人が邸宅入口の階段を登る補助のために出迎えに来たと思った。車のドアが開いて、彼はその男に外套を差し出した。すると、フォン・ノイラート〔当時ドイツ外相〕か別の誰か（たぶん本当の使用人だろう）が、彼の耳もとでしゃがれ声でささやいた。「総統閣下です！」　ハリファックス卿が目を上げると、たしかにヒトラー本人だった。従僕と取り違えていたのだ！　というのも、後に短い回想録

『満ち満ちた日々』で記述しているように、この時彼は最初顔を上げなかったので相手のズボンと足元の短靴しか見えなかったというが、皮肉な書き方で笑いを取ろうとしている。だが、私はそのことが滑稽だとは思わない。イギリス貴族で、トロンボーンのように耳が遠く、鳥のノスリのように無口で、ロバのように遠くが見えない祖先たちの短い列の最後尾に誇らしげに立つこの外交官の姿は、私に寒気を催させる。極めて尊敬すべきハリファックス初代子爵とは、財務大臣在任中の全期間を通じてアイルランドへのあらゆる追加援助に反対した人物ではなかっただろうか？　この時の飢饉の死者は百万人に達した。そして極めて尊敬すべき第二代子爵〔チャールズ・ウッド〕、つまりハリファックスの父は王室の宮内官で、幽霊話の蒐集家だった。彼が集めた物語は彼の死後、息子の幽霊たちの一人によって出版されたが、彼は本当に幽霊になって息子の背後に隠れていたのだろうか？　この種の誤解は少しも珍しいことではなく、老人の勘違いでもない。それは社会的に目の前が見えなくなった状態であり、死体安置所に迷い込んだようなものだ。それどころか、思想的には、ハリファックスは恥じらいを知らなかった。彼はヒトラーとの会話についてボールドウィンへの手紙にこう書くだろう。「ナショナリズムとレイシズムは有力な勢力だが、私はそれらが人間の本性に反しているとも、不道徳的だとも見なしていない！」さらに、もう少し後になると「私はこれらの人びと〔ナチス〕が共産主義者を心底嫌っているこ

とを疑うまでもない。我々が彼らの立場だったら同じことを感じるだろう。」現在なお
「宥和政策」と呼ばれる発想の前提はこのようなものだったのである。

4 脅迫

この物語も儀礼的訪問の話まで進んだが、ハリファックス卿がドイツとの和平について話しに来る一〇日ほど前の一一月五日、ヒトラーはヨーロッパの一部を武力で占領するための計画を全軍の司令官たちに打ち明けた。それはドイツの領土は窮屈すぎるから、まずオーストリアとチェコスロヴァキアを侵略するというプランだった。けれども、彼の欲望を奥底まで汲みつくすことはできず、ヒトラーの頭はつねに失われた地平線の方に向けられていたし、妄想症(パラノイア)的精神障害に誇大妄想狂が少しばかり加わって、領土拡張への傾斜をいっそう抑え難くしていた。以前にもヘルダーの妄想とフィヒテの演説〔ナポレオンによるベルリン占領中の「ドイツ国民に訴える」〕があり、ヘーゲルによって称えられた民族精神とシェリングによる世界霊という夢があったから、「生存圏」という考え方は新しいものではなかった。もちろん、この日の軍幹部との会合のことは秘密にされたが、ハリファックス到着直前のベルリン中枢の雰囲気がどのようなものだったか少し分ってくる。しかし、それだけではなかった。一一月八日、彼の訪問の九日前にミュンヘンで、ゲッベルスは「永遠のユダヤ人」をテーマとする大美術展の開会式を行ったが、こうして舞台装置は着々と整った。ナチスの計略と残忍な意図は、誰も無視することができなかった。一九三三年二月二七日のライヒスターク放火事件、同じ年のダッハウ強制収容所の設置と精神病者の断種手術、翌年の長いナイフの夜（レームら突撃隊（SA）の幹部が粛清された事件）、一九三五年のドイツ人の血と名誉の保護に関する法律（ユダヤ人との婚姻・性関係を禁じ、ユダヤ人から公民権を剝奪した帝国市民法とともにニュルンベルク法と称された）の制定、一九三五年の人種的特徴に関する人口調査、それだけで、もう大変なことだった。

オーストリアにはライヒの野望がすぐに伝わり、全権を不当に掌握していた（一メートル五〇センチの短軀の）ドルフース首相がすでに一九三四年にオーストリアのナチスによって暗殺され、彼の後継者シュシュニクが全体主義の政策を続行していた。当時のドイツは、テロと恐喝と誘惑の寄せ集め(ポプリ)という欺瞞的外交を数年にわたり実行していたのだ。こうして、ハリファックスの訪問の三カ月後に、ヒトラーは攻勢を加速する。オーストリアの小物の専制君主シュシュニクがバイエルンに呼び出され、独裁の時代が始まる。秘密工作の時期は終わったのだ。

一九三八年二月一二日、シュシュニクはベルヒテスガーデンに向う。アドルフ・ヒトラーとの面会のためである。彼はスキー客に変装して駅に到着する——旅行の口実はウィンタースポーツのための滞在だった。列車にスキーの装備を積み込んでいるあいだに、ウィーンではカーニヴァルの祝祭が最高潮に達した。いちばん楽しげな日々が史上最悪の面会と重なったのである。祭りではファンファーレが鳴り響き、カドリーユ〔四人一組のフォークダンス〕が練り歩き、最後に花束が投げられる。砂糖菓子が雪崩のようにばら撒かれる最中に、シュトラウスの一五〇曲のワルツから、優雅と魅惑が刻みこまれた一曲が演奏される。ウィーンのカーニヴァルは、たしかにヴェネツィアやリオほどは知られていない。あれほど美しい仮面は着けないし、あれほど熱狂的なダンスに夢中になることもない。ウィーンの祭りは一連の舞踏会以外の何ものでもないのだ。けれども、ひどく大がかりな祝祭であることに変わりはなく、小さなカトリックの身分制国家の同業者組合が祝賀行事のお楽しみを準備することになる。こうして、オーストリアの最期が迫っているというのに、この国の首相はスキー客に変装して、ありそうにない旅立ちのために姿を消し、オーストリア人たちはお祭り騒ぎを楽しんでいるというわけだった。

その朝、ザルツブルク駅には憲兵隊が一列配備されていただけだった。湿度が高くて寒い日だった。シュシュニクを運ぶ自動車は飛行場の縁を通ってから、国道を走った。灰色の大空が彼を夢想家にした。車の揺れに身をまかせて夢見心地になり、夢想は霧氷の塊と混ざりあった。すべての人生は悲惨で孤独だ。すべての道はもの悲しい。国境が近づくとシュシュニクは急に不安に襲われた。真実が目の前に迫っていることを実感して、彼は運転手の後頭部を見つめた。

国境ではフォン・パーペンが迎えに来ていた。彼の優雅で面長な顔立ちはオーストリア首相を安心させた。車に乗り込むと、パーペンはドイツの三人の将軍が面談に参加するだろうと告げた――「問題ないですね。いいですよね」と、彼は無造作に言い放った。脅迫の粗暴な企てである。ひどく暴力的な駆け引きだったので、返す言葉もなかった。答えようがなかったのだ。心の奥にひそむ、礼儀正しすぎて臆病すぎる人格が代わりに返答し、言う必要があったこととは反対のことを口にした。シュシュニクはパーペンに抗弁せず、何ごともなかったように車は出発した。彼が生気のない眼差しを道端に走らせているあいだに、一台の軍のトラックが彼らを追い越し、二台のSS（親衛隊）の装甲車が続いた。オーストリア首相はかすかな不安を感じた。自分はいったい何をしにスズメバチの巣の中までやって来たのだろうか？　ゆっくりと、車はベルヒテスガーデンへの坂道を登り始めた。シュシュニクは松の木々の梢に視線を固定して、不安を押さえようとした。彼は黙り込んだ。フォン・パーペンもひと言もしゃべらなかった。やがて車はベルクホーフに到着し、正門の大扉が開いてまた閉じられた。シュシュニクは恐ろしい罠に落ちてしまったことを実感した。

5 ベルクホーフの会見

午前一一時頃、儀礼的挨拶のやりとりが終わると、アドルフ・ヒトラーの執務室の扉がオーストリア首相の背後で再び閉じられた。あらゆる時代を通じてもっとも信じ難い、奇怪な場面のひとつが起こったのはその後である。といっても、証言はひとつしか残っていない。クルト・フォン・シュシュニクの証言だ。

それは彼の回想録『オーストリアのためのレクイエム』のいちばん傷ましい一章(「ベルヒテスガーデンでの会談」)であり、〔ゲーテの〕『タッソー』からの少しばかり学者ぶった引用に続いて、ベルクホーフの山荘の窓辺から短い物語が始まる。オーストリア首相は総統の誘いを受けて椅子に座り、やや居心地が悪そうに脚を組んだり、外したりしている。力が抜けて、全身が麻痺したように感じる。先ほどの不安が天井の格間(ごうま)にぶらさがったり、肘掛け椅子の下に隠れたりしている。何を話せばいいかよく分らずに、シュシュニクは首を回して窓の外の景色を賞讃し、この執務室で行われたにちがいない、いくつもの決定的な会見について興奮して言及する。すると、ヒトラーがすぐに彼を叱りつけた。「我々は景色や天気の話をするために、ここにいるわけじゃないだろう！」シュシュニクは全身が硬直してしまった。そこで、彼はわざとらしくぎこちない説明を試みて時代の坂道を遡り、自分がここまで来たのは一時的なちょっとした困難を解明するためでしかないと思わせようと、一九三六年七月の惨めなオーストリア＝ドイツ（独墺）協定の話を持ち出した。最後に、役に立たない救命浮き輪のような彼自身の誠意にしがみつき、気持ちを絶望的に高ぶらせて、オーストリア首相は過去数年間断固としてドイツ政策〔友好政策〕を推し進めてきたとついに断言したのだ！　それこそ、アドルフ・ヒトラーが彼に期待していた言葉だった。

「ほう、あなたはそれをドイツ政策と呼ぶのかな、シュシュニクさん？　それどころか、あなたはドイツ政策を避けるために何でもしてきたじゃないか！」と、彼は吠えた。そして、シュシュニクの下手くそな言い訳の後で、ヒトラーは逆上してさらに語気を強めた。「それに、オーストリアはこれまでライヒに奉仕するようなことは何ひとつしてこなかった。オーストリアの歴史は裏切りの絶え間ない連続だったのだ。」

たちまち、シュシュニクの両手が冷や汗でびしょ濡れになった。彼には部屋が何と大きく見えたことだろう！　それでも、室内は相変わらず穏やかな雰囲気だった。肘掛け椅子は俗っぽい綴れ織り(タピスリー)で覆われ、クッションは柔らかすぎ、内壁の板張りは規則的で、照明の傘の縁には小さな玉飾り(ポンポン)がぶらさがっている。突然、シュシュニクは自分だけが冬空の下で、山脈に面した寒々しい草原にいるような気分になった。窓が急に途方もなく大きくなった。ヒトラーに蒼白い目で見つめられて、彼は脚を組み直し、眼鏡をかけ直した。

さしあたり、ヒトラーは彼を「ヘル」と呼び、シュシュニクは相変わらずヒトラーを「カンツラー閣下」と呼んでいる。彼はシュシュニクに手痛い思いをさせ、シュシュニクは自己正当化のために、ドイツ政策を実行したと胸を張ったのだが、いまやドイツ首相がオーストリアを侮辱し、この国のドイツの歴史への貢献は無に等しいとまで言い切ったのだった。それでもシュシュニクは寛大で度量の大きいところを見せ、会見を切り上げて逃げ出す代わりに、優等生のように、記憶の中からドイツ史へのオーストリアのいわゆる貢献の前例を必死に探そうとした。慌てふためきながら、全速力で数世紀分の歴史のポケットを隅々まで探ってみたが、彼の記憶には中身がなかった。世界にも、オーストリアにも中身がなくなっていた。そのあいだ中、総統は彼を執拗に見つめている。そんな絶望感に圧迫されて、彼はいったい何を見つけただろうか？　ベートーヴェンだ。善良なルートヴィヒ・ヴァン・ベートーヴェン、耳の聞こえない短気な男、共和派で、絶望的に孤独な人物である。そうだ。その時退却の途中で彼が見つけたのは、アル中の息子で（父のヨハン・ヴァン・ベートーヴェンは酒好きで知られた）、酒焼けした顔のベートーヴェンだった。そんなベートーヴェンを、気が小さい人種差別主義者の小貴族であるオーストリア首相クルト・フォン・シュシュニクが歴史のポケットから取り出して、突然ヒトラーの面前で白いぼろきれのように振り回したのだ。哀れなシュシュニク。彼は相手の妄言に対抗して音楽を、軍事侵略の脅しに対抗して『第九交響楽』を、そしてオーストリアが歴史の中でたしかに役割を果たしたことを証明するために「アパショナータ」（ピアノソナタ二三番「激情」）の最初の三つの音符を探し出そうとした。

「ベートーヴェンはオーストリア人ではない」と、ヒトラーは反駁した――予想外の反撃だった――「彼はドイツ人だよ。」その通りなのだが、シュシュニクはそんなことにさえ思い至らなかった。ベートーヴェンがドイツ人であることに異論の余地はない。彼はボン生まれだ。そしてボンは、どんなに無理をしても、どんなやり方で史実に接近してみても、どんな歴史年鑑を調べてみても、オーストリアの都市だったことは一度もない。絶対にあり得ない。ボンはパリと同じくらいオーストリアから離れているのだ！　ベートーヴェンがオーストリア人だというのは、彼がルーマニア人だとかウクライナ人だとかいうのと同じことだが、その方がオーストリアには近い。それなら、なぜ、そのついでにクロアチア人ではいけないのだろうか。だったら、マルセイユではどうだろう。すべてを考慮に入れれば、マルセイユはウィーンからボンよりもそれほど離れてはいない。

「その通りですが……」とシュシュニクは口ごもった。「でも、彼はオーストリアを選んだのです。」国家元首の会談からは決定的にかけ離れた場面だった。

天気までが陰鬱だった。会見は終わった。二人は一緒に昼食を取らなくてはならなかったから、並んで階段を降りた。ベルクホーフの食堂に入る前に、シュシュニクはビスマルクの肖像画に引きつけられた。偉大なカンツラーの左の瞼が眼の上に冷酷に落ちている。冷たく、冷め切った眼差しだ。肌がたるんでいるように見える。食堂に入り、席に着いた。ヒトラーが食卓の中央で、オーストリア首相は彼と向い合って座る。食事はいつものように進んだ。ヒトラーはくつろいだ様子で、その上おしゃべりだった。子どもっぽい飛躍した発想から、彼はハンブルクに世界最大の橋を建造する必要があると語り、あきらかに勢いが止まらなくなって、さらにこうつけ加えた。ハンブルクに近々最高に美しいビルを建設するつもりだが、そうすればアメリカ人たちは、ドイツでは合衆国より大きくて、はるかに美しいものを建築できることが分るだろう。雑談の後で、二人はサロンに移った。数人のSSの青年によってコーヒーが出され、ようやくヒトラーが退席したので、オーストリア首相はすぐさま煙草をもくもくと吸い始めた。

私たちが目にするシュシュニクのいくつかの写真は、彼の二つの顔を見せてくれる。気取った、厳めしい顔と、もっと臆病そうで控えめな、ほとんど夢想家のような顔だ。よく知られた写真では唇を固く閉じ、がっかりした様子で、ある種の放心状態と脱力感が見てとれる。この写真は一九三四年にジュネーヴの彼のアパルトマンで撮影された。シュシュニクは不安そうに立っているが、その表情には、どこか弱々しく、優柔不断なところがある。片方の手に一枚の紙片を持っているようだが、画像がぼけていて、黒いしみが写真の下の方を覆っている。注意して見ると、上着のポケットの折り返しが腕の下で皺になっていて、他にも奇妙な物体、たぶん何かの植物がフレーム内の右側に写りこんでいる。もっとも、私が説明を加えたこの写真のことは、誰も知らないはずだ。それを見るためにはフランス国立図書館（BnF）の版画・写真部門に行かなくてはならない。私たちが知っている写真は一部カットされ、トリミングされているので、資料の分類と保存を担当する数人のアーカイヴ管理員以外には、シュシュニクのポケットの閉じていない折り返しも、写真の右側の不思議な物体——植物らしいがよく分らない——も、一枚の紙片も、誰も見たことがないのだ。トリミングされると印象は一変し、ある種の公式的意味を持つ、節度ある写真になる。だから、オーストリア首相をオリジナル写真より真面目で、取り乱していない様子に見せるためには、数ミリのごく小さな真実の断片を消去するだけでじゅうぶんなのだ。彼に視線を集中させようとして画面を少しトリミングし、無秩序な要素をカットしたことで、シュシュニクのイメージがやや濃密なものになったかもしれない。この操作は事実にもとづく物語(レシ)の技術でもあって、そこでは何ひとつ潔白ではない。

とはいえ、いまやベルクホーフでは、集中力の密度も節度も問題ではないだろう。この場面で価値がある唯一の枠組み、唯一の説得法、望みのものを手に入れる唯一のやり方、それは恐怖に他ならない。そうだ。ここでは恐怖が支配している。暗示的な礼節や控えめな形態の権威や見せかけの段階は終わった。ここでは、あの小地主貴族(ユンカー)が震えている。シュシュニクは自分のことをそう呼ばれて、しばらく驚きが収まらなかった。もっと後になって、そのことを部下の一人に打ち明けるだろう。侮辱されたと感じたのだ。それでも、彼は席を立とうとせず、何の不満も表明しなかった。彼は次々とひたすら煙草を吸い続けた。

二時間もの長い時間が過ぎて、一六時頃にシュシュニクと彼の顧問はリッベントロープとフォン・パーペンと同席するように、次の間に誘導された。彼らは二人に両国間の新協定のいくつかの条文を提示し、それが総統に可能な最終的譲歩であると明言した。だが、この協定はいったい何を要求しているのかといえば、それはまずオーストリアとライヒが双方に関係のある国際問題について協議することを——大して重要でない空虚な表現で——要求している。さらに——話がきわどくなるのはここからだが——国民社会主義思想がオーストリアで合法化され、ナチ党員のザイス＝インクヴァルトが全権を掌握する内務大臣に任命されることも要求し——驚くべき内政干渉だ——、その上、悪名高いナチ党員のフィッシュベックも閣僚〔経済相〕に任命されることを要求している。オーストリア国内で収監されているすべてのナチ党員（犯罪者を含む）の恩赦を要求している。すべての国民社会主義者の官僚や将校が〔一九三四年のオーストリア・ナチによるドルフース首相暗殺事件〕以前の職務に戻ることを要求している。両国軍隊のそれぞれ一〇〇名ほどの将校の交換の即時実施とナチ党員のグライズ＝ホルシュテナウがオーストリア戦争大臣に任命されることを要求している。最後に、この協定は——ひどい侮辱だが——オーストリア政治宣伝省のすべての部局長の更迭を要求している。これらの措置は一週間以内に発効する必要があり、その見返りとして——究極の譲歩というわけだ——「ドイツはオーストリアの独立と一九三六年七月の協定の順守を再確認する」ことになっていたが、この協定の中身はたった今空っぽになったばかりだった。そして最後に、先ほどの協定案を読んだ後では唖然とさせられる一文がある。「ドイツはオーストリアの内政へのあらゆる干渉を放棄する。」とても本心とは思えない。

こうして議論が始まり、シュシュニクはドイツの要求を和らげようと試みるが、彼が何よりも望んだのは面目を保つことだった。双方は細かい点でやり合ったが、その様子はヒキガエルたちがひとつの沼の周りでにらみ合い、歯を剝き合って、それぞれが沼を使おうとしているようだった。結局、リッベントロープは三つの条項を修正することを受けいれ、念を入れた裏取引のあげく取るに足らない変更がいくつか書き込まれた。その時突然議論は中断し、ヒトラーがシュシュニクを執務室に呼びつけた。

執務室にはランプの光が溢れ、ヒトラーは大股で部屋中を歩き回っている。オーストリアの首相は再び困惑を感じた。首相が椅子に座るとすぐにヒトラーは攻めに入り、もう一息で交渉の最後の試みに合意すると告げてから、こう述べた。「これが協定の文案だ。もう取引の余地はない。私はコンマひとつ変えるつもりはない！　あなたはそのまま署名するか、それとも我々の会談を続ける理由がなくなるかだ。私は今晩中に決断するだろう。」総統はこれまでになく深刻で、これまでになく険悪な表情だった。

いまやシュシュニク首相は汚名を着るか、恩寵を得るかの瞬間に直面していた。低レベルの陰謀に屈して最後通牒（ウルティマトゥム）を受けいれることになるのだろうか？　身体は快感を表す器官であり、ヒトラーの身体は狂ったように動き回っている。それは機械仕掛け(オートマット)の人形のようにぎこちなく、吐かれた痰のように毒々しい。ヒトラーの身体は私たちの夢や意識の内部に入り込むに違いなかった。時代の影の中で、監獄の壁の上で、〔収容所の〕簡易ベッドの下で、人間たちが彼らに取り憑いた影法師を刻みつけたあらゆる場所で、私たちはヒトラーの身体を再発見するだろう。だから、おそらくヒトラーがシュシュニクの頭に彼の最後通牒を投げつけた時、世界の運命が時間と空間の気まぐれな座標系を通じて一瞬、一瞬だけ、クルト・フォン・シュシュニクの手の内に見出された時、そこから数百キロ離れたバレーグ〔スイス北西部フランス国境の村〕の保護施設(アジール)では、たぶんルイ・ステール〔画家・音楽家（ル・コルビュジエの従兄）で晩年は指で絵を描いた〕が、紙ナプキンの上に指で彼に独特の薄暗いダンスのデッサンを描いているところだった。醜くて恐ろしい操り人形たちが黒い太陽の出入りする世界の地平線でうごめいている。彼らは霧から出現してあらゆる方向に走って逃げだす骸骨や亡霊なのだ。哀れなステール。彼はもう一五年以上施設で過ごし、屑籠からこっそり持ち出した粗悪な紙切れや使用済みの封筒に彼の苦悩や不安を描き続けている。ヨーロッパの運命がベルクホーフで決められようというこの瞬間に、針金をねじったような彼の薄暗い小さな人物たちの姿は、私にはある予兆のように見えてくる。

ステールは彼の国から遠く離れた、世界の果ての外国で長いあいだ暮らして〔一九世紀末にアメリカ人と結婚し渡米〕、周囲が心配するほど衰弱して戻ってきた。その後はその日暮らしの生活で、観光シーズンにはダンスの茶会でミュージシャン〔ヴァイオリン奏者〕になったりしたが、どこへ行っても狂人だという噂がつきまとうようになった。彼の表情には奥深いメランコリーが刻み込まれていた。そしてついに、バレーグの保護施設に収容されたのである。ステールは時々施設を抜け出し、そのたびにほとんど骨と皮だけの半ば凍死状態で連れ戻された。上の階の居室に、彼はデッサンを次々に山積みしていたが、それは黒塗りの奇形的な人物や痙攣する不具の巨人を描いたクロッキーの途方もない重なりだった。彼自身の身体もひどく痩せこけ、野原を長く歩いて疲れきっていた。頰はこけて窪み、すでに歯が一本もなかった。最後には、両手を変形させた関節症のせいで絵を描くのに筆もペンも握れなくなり、目もほとんど見えなくなったので、一九三七年頃からインクに浸した指で描き始めた。もう七〇歳近かったが、その頃に生涯でいちばん美しい作品を制作している。彼は狂ったように動き回る黒いシルエットの集団を描き始めた。それらは血塊やバッタの飛翔を思わせる。ルイ・ステールの精神にはこれほどの狂乱的な興奮状態が存在し、強迫観念の形態を取って彼を怯えさせていたのだ。けれども、ジュラ地方のバレーグで監禁状態が長年続いたあいだに、彼の周囲のヨーロッパで起こっていたことを想起するなら、あのねじ曲げられ、苦しみながら手足を動かす葦のように細長い黒い身体が、そしてあの死体に掛けられた首飾りが何かを予告していたと、私たちは考えることができる。哀れなステールは、おそらくそれと知らずに、彼自身の錯乱の内部に閉じ込められて自分を取り囲む世界の緩慢な死にざまを指によって撮影しているといえるだろう。年老いたステールは全世界を行進させる。悲しげな霊柩車の後から全世界の亡霊たちが行進すると、すべては炎と分厚い煙に形を変える。彼は曲がった指を小さなインク壺に浸して、彼の時代の死についての真実を私たちに伝えている。それは巨大な死の舞踏だったのだ。

ベルクホーフの登場人物たちは、ルイ・ステールからも、彼の不思議な臆病さからも、バレーグの病院の食堂からもはるかに遠いところにいる。彼らはそこでもっと低俗な骨折り仕事に精を出す。ルイ・ステールがきっと彼の黒インクの壺に病んだ指を浸しているちょうどその時刻に、シュシュニクはアドルフ・ヒトラーをじっと見つめていた。後日、彼は回想録に、ヒトラーは男たちを魔法にかけて支配していたと書くだろう。そして、こう続ける。「総統は磁石のような力で人びとを引きつけておいてから彼らを激しい力で排斥するので、そこには底知れぬ深淵が開かれるが、何者もこの深淵を埋めることはできなかった。」シュシュニクはオカルト的な説明を控えようとはしない。そのような説明は彼の弱さを正当化するからだ。ライヒの首相は超自然的存在であり、ゲッベルスのプロパガンダが私たちに見せびらかしたがった、霊感に満ちた恐るべきキメラのような神話的被造物なのだ。

そして最後に、シュシュニクは譲歩した。というより、もっと悪い選択をした。彼は口ごもり、協定に署名する用意があると告げたが、その際ひとつだけ反論を述べた。ひどく臆病で、およそ優柔不断で、いちばん弱腰でもある反論だった。悪意と弱気が混ざっていることが感じられる言葉で、彼はこうつけ加えた。「私がひとつだけ指摘しておきたいのは、今回の署名だけでは、あなたに何ももたらさないということです。」その瞬間に、彼はヒトラーの驚く顔を楽しんだにちがいない。それは彼がヒトラーから奪い取ることができた唯一の優越感の、小さなひらめきだった。そうだ、彼もまた楽しんだにちがいなかった。おそらく柔らかな角のカタツムリのように。そうだ、彼もまた楽しんだにちがいなかった。彼の反論の後の沈黙は果てしなく持続した。シュシュニクは自分にもごく小さいとはいえ、ヒトラーに負けない役割があることを実感し、椅子の上で体をくねらせた。

ヒトラーは当惑したように見えた。この男は彼に何をいおうというのか？　その時シュシュニクはもったいぶった調子で賭け金を釣り上げた。「閣僚を任命するのは国家の最高元首つまり共和国大統領であります。恩赦も同様に大統領の特権であります。」その通りだった。彼はアドルフ・ヒトラーに譲歩したくはなかったから、まだ別人の後ろに身を隠す必要があった。この小貴族は、突然彼の権限が阻害されそうになって、権限の分割を受けいれようとしていた。

だが、いちばん奇妙な事態はヒトラーの反応の方だった。「そうだ、あなたのいうとおりだ」と、何が起こっているのか分らないかのように、今度は彼が口ごもった。憲法の法規範による反論は彼の理解を越えていた。自己宣伝に利用するためにいつも体裁を保っていたのに、急に方向感覚を失ったかのようだった。憲法は数学と同じで、ごまかすことができない。ヒトラーはまた口ごもった。「あなたのなすべきことは……。」この時、シュシュニクは真の勝利感を味わったにちがいなかった。ついにヒトラーをやりこめたのだ！彼の国の法律で、彼が学んだ法学と学士号でやりこめたのだ！やったぞ、優秀な弁護士が無知な小アジテーターをやりこめたのだ。その通り、憲法はたしかに存在しているが、それは地下のシロアリや子ネズミのためではなくて、国家を司る本物の政治家であるカンツラーのためにある。憲法の法規範は大木の幹や警察の非常線のように、閣下、あなたの行く手を遮ることができるのだ！

すると、ヒトラーはひどく興奮して執務室の扉を乱暴に開け放ち、入口ホールで叫んだ。「カイテル将軍！」〔第二次大戦中ドイツ国防軍最高司令部総長で終戦の降伏文書の署名者〕。それからシュシュニクの方を振り向き、こう言った。「後でまたお呼びしよう。」シュシュニクは退室し、再び扉が閉じられた。

ニュルンベルク裁判〔一九四五年一一月—四六年一〇月〕で、カイテル将軍は当時の場面について以下のように語った。彼は生き残った唯一の証人だった。将軍が総統の執務室に入ると、ヒトラーは着席するようにだけ命じて、自分も椅子に座った。謎めいた木の扉の後ろで、総統は特に話しておくことはないと彼に告げ、しばらくのあいだじっと黙ったままだった。部屋の中では、もう誰も動かなかった。ヒトラーは思索に耽り、カイテルは何もいわずに彼の横に座っていた。それというのも、ドイツのカンツラーはカイテルをただの駒にすぎず、それ以上の何者でもないとみなし、まさに駒として利用していたからだ。実に奇妙に思えることだが、この時の何十分も続いた両者の協議で、何も、本当に何ごとも起こらなかったのはそのためである。少なくとも、カイテルの証言ではそうなっている。

待たされているあいだ、シュシュニクと顧問は最悪の事態を恐れていた。二人とも逮捕されることさえ予想したほどだ。四五分が過ぎていく……。リッベントロープとフォン・パーペンと一緒に、彼らは協定の条項について機械的に検討し続けていたが、ヒトラーがコンマひとつ変更しないと断言した以上、無駄なことだった。それはシュシュニクにとって自分を安心させるための手段にすぎず、その場の様子を何とかしてこの上なく正常な雰囲気にしておきたかったのである。だから、彼は国家元首同士の真の会談が行われているかのように、自分がまだ主権国家の代表であるかのようにふるまい続けた。けれども現実には、彼の置かれた困難な状況が修復不能になっていることを公然と認めたくなかっただけだった。

ようやく、ヒトラーはクルト・フォン・シュシュニクを呼び寄せた。ここからは語調を次々と変えて敵を味方につける人心掌握の術の神秘というべきだろうか、彼の話しぶりからとげとげしさが急に消えた。「私の人生で初めてのことだが、すでに踏み切った決定を見直すことにした」と、アドルフ・ヒトラーは相手に途方もない特権を与えるかのような調子で言い放った。この瞬間に、ヒトラーはおそらく微笑んだにちがいない。凶暴なギャングや狂人たちが微笑む時、彼らに抵抗することは難しいから、降りかかった不幸を片づけて、もとの平和な状態に戻りたいと願うようになるのだ。それに、ギャングと狂人の脅しという精神的拷問の二つの例の場合には、微笑がちょっとした晴れ間のような独特の魅惑を発揮する。「あなたに繰り返しておく」と、打ち明け話に威厳を交えてヒトラーはつけ加えた。「これが本当に最後の努力なのだ。三日以内に協定の実行を期待している。」ここまで来ても、状況は何も変わらなかったばかりか、獲得したはずの細部の修正は考慮されず、最後通牒の回答期限が五日短くなったのだが、シュシュニクは身じろぎもせずに受諾した。力尽きて、まるで譲歩を勝ち取ったかのように、彼は最初の案より悲惨な協定に従ったのである。

書類が秘書課に送られると、会話は友好的に進行した。ヒトラーは、今度はシュシュニクを「カンツラー閣下」と呼んだが、それは出来すぎというものだった。最後に、二人はタイプ印刷された文書に署名し、ライヒのカンツラーはシュシュニクと顧問に夕食まで残るよう提案したが、彼らは招待を慇懃(いんぎん)に辞退した。

6
やむを得ない決定

その後数日間、ドイツ軍は脅迫のための軍事演習に本腰を入れた。ヒトラーは彼の最良の将軍たちに侵略準備を装うよう命じておいたのだ。異常な命令である。たしかに、軍隊の歴史ではあらゆる種類の陽動作戦が知られているが、今回の場合は性格が異なる。戦略や戦術を実行に移す局面ではなかった。まだ誰も戦争に行ってはいないのだから、軍事演習は心理的圧力であり、脅迫の手段だった。ドイツの将軍たちが見せかけの武力攻撃に力を貸したのは驚くべきことだ。そのためには、モーターを大音響で唸らせ、プロペラをぶるぶる回転させ、苦笑いしながら、軍のトラックに国境付近でエンジンの空吹かしをさせておく必要があった。

ウィーンのミクラス大統領のオフィスでは、恐怖が高まっていた。ドイツの軍事演習が効果を発揮したのだ。オーストリア政府はドイツ軍が本当に侵略の準備を進めていると思い込んだ。彼らはあらゆる狂気の沙汰を想定し、ヒトラーの生まれた町を献上することで、彼をなだめられるかもしれないとさえ考えた。六〇〇〇人の住民とフィッシュブルンネンの噴水といくつかのブラスリーのあるブラウナウ・アム・インである。そうだ、この彼の生地と生家を、貝殻の形をした明り取り窓付きで差し上げるのだ。幼い頃の想い出のひとかけらを提供すれば、ヒトラーは彼らをそっとしておいてくれるだろう！　シュシュニクは自分のちっぽけな権力の座を守るために、もはやそれ以上のことを思いつけなかった。ドイツの侵攻が迫っていることを恐れて、彼はミクラスに協定を受けいれてザイス＝インクヴァルトを内務相に任命するよう頼み込んだ。ザイス＝インクヴァルトは怪物ではないと、シュシュニクは彼を安心させた。あの男は穏健なナチ党員で、本物の愛国者なのだ。それに、彼らは友好的な仲間でいられるだろう。ナチのザイス＝インクヴァルトと、ヒトラーに頭が上がらない小物の独裁者シュシュニクは、ほとんど友だち同士なのだから。二人とも大学で法学を学び、ユスティニアヌス帝の『法学提要』をひもとき、ザイス＝インクヴァルトはローマ人から受け継いだ難解な法学研究の対象である所有者のない物件について学識豊かな注釈を執筆し、シュシュニクは教会法の何らかの議論の余地のある問題について注目された報告を書いた。そして二人とも音楽の熱狂的な愛好者だった。彼らはブルックナーを賞讃し、ホーフブルクの首相執務室で彼の音楽表現についてよく議論したものだが、そこはウィーン会議〔一八一四―一五年〕が開催された場所で、当時はタレーランが先の尖った編み上げ靴と長い毒舌を引きずって長い廊下を歩き回っていたところだ。シュシュニクとザイス＝インクヴァルトは和平工作のもう一人の専門家メッテルニヒの影に包まれて、ブルックナーについて語り合った。アントン・ブルックナーと彼の敬虔でつつましい人生について語り合った。その話になると、シュシュニクの眼鏡は涙で曇り、その声はかすれてきた。彼はおそらく恐ろしい自動車事故で死んだ自分の最初の妻と、その後の悔恨と悲しみの日々のこと想い出していたのだ。ザイス＝インクヴァルトの方は、スカラベ（カブトムシ）型の小さな丸眼鏡を持ち上げて、首相執務室入口ホールの窓にひどく近づきながら長い言葉を繰り返していた。ブルックナーは〔晩年に鬱状態で〕入院していた三カ月のあいだ「不幸な男」だったと、彼は心を動かされてつぶやいた。すると、シュシュニクは頭を垂れ、ザイス＝インクヴァルトは額の静脈をなぜかぴくぴくさせて、夢見るようにこう語った。アントン・ブルックナーは日課の長い散歩、とても長い単調な散歩のあいだに木々の葉の数をかぞえる癖があり、ある種の秘められた無益な執念によって次から次へと木々の葉をかぞえ、その数が増えていくのを不安そうに見ては苦しんでいた、と。彼はまた、舗道の敷石や建物の窓の数までかぞえるようになり、ある婦人と話している最中に、彼女の首飾りの真珠の数を手早くかぞえずにはいられなくなってしまった。自分の飼い犬の毛の数や通りかかった馬車の馬のたてがみや空の雲の数までかぞえたという。こうした行動は周囲から強迫神経症と見なされたが、彼を燃やし尽くす内面の炎のようなものだったのだ。こうして、ザイス＝インクヴァルトは大ホールのシャンデリアを見つめながら、つけ加えた。ブルックナーは人びとの沈黙の冷笑から彼の音楽の主題を切り離した。彼の交響楽はさまざまな主題の洗練された組織化であり、規則的な継起(サクセッション)だったように思える。そこには、と大階段の手すりに手をすべらせて、ザイス＝インクヴァルトはつぶやく。実に厳密で、実に非情な基礎に従ういくつかの特徴の連鎖が見つかるが、結局のところブルックナーが『第九交響楽』を完成させることはできなかった〔ブルックナーは第九の最終楽章である第四楽章を執筆中に死去〕。彼は最終楽章を二年間放置しなくてはならなかったし、楽譜をたえず見直したので、ひとつの楽節に一七ものヴァージョンが残されたこともあった。

シュシュニクは、ためらいと悔恨の念から創造されたブルックナーの錯乱的な体系に魅惑されたにちがいなかった。だからこそ、おそらくザイス＝インクヴァルトと彼は――ある証言が私たちに伝えるように――とりわけあの『第九交響楽』について親しく話し合いたかったのだろう。あの壮大な管楽器の響き、聴衆を驚かせるあの沈黙、そしてクラリネットのささやきがあり、次の瞬間には、ヴァイオリンがゆっくりと小さな星たちを血のように吐き出すのだ。それから、二人はしばしばフルトヴェングラーを話題にし、この音楽家の高く秀でた額や、とてもソフトな雰囲気、彼が小枝のように軽く握る短いタクトなどについて語り合った。そして、ようやく彼らはニキシュ〔ハンガリー出身の指揮者〕にたどり着いた。リヒャルト・ヴァーグナーの指導のもとでベートーヴェンの作品を指揮したアルトゥール・ニキシュを通じて、アルトゥール・ニキシュの実に単純だが、オーケストラにもっとも豊かな楽音を展開させることのできるタクトの動きを通じて〔楽譜にインクで書き込まれた音符から作品の奥深い本質を引き出そうとするかのような、ごく細かい、威厳に満ちた動作だ〕、サリエリを師の一人と仰ぐリストの指導を受けたあのニキシュを通じて、神の導きだろうか、彼らはベートーヴェンとモーツァルトの話題に移り、ほとんど恍惚状態でハイドンの姿を見て、その人生のいちばん悲惨な時期に言及した。というのも、ハイドンは、私たちがよく知っているオペラや交響楽やミサ曲やオラトリオやコンチェルトや行進曲や舞踊曲の疲れを知らない作曲家になるずっと前には、車大工と料理女の哀れな息子であり、ウィーンの路上をうろつくみじめな浮浪児で、葬式や婚礼の折に雇われて楽器を弾いていたのだった。だが、この種の悲惨には、シュシュニクとザイス＝インクヴァルトはあまり関心がなかったから、彼らは別の方向を選んで、リストとともに優雅なヨーロッパのサロンへと話を進めたがった。

もっとも、ザイス＝インクヴァルトにとっては、このひと時の音楽談義はシュシュニクの場合よりはるかに不幸な結果になった。彼はその後クラカウとデンハーグで任務に就き、結局、ニュルンベルクで歴史のみじめな端役としての役回りを終えることになる。裁判で、ザイス＝インクヴァルトはすべてを否定する。オーストリアと第三帝国の合併劇の主役の一人だったとはいえ、彼自身は何もしなかった、と主張した。親衛隊中将の名誉ある称号を授与されるが、彼は何も見なかった。ヒトラー政権で無任所大臣に任命されるが、彼には何の情報も伝わらなかった。ポーランド総督府代理になって、レジスタンス運動の残虐な鎮圧に加担するが、彼は何も命令しなかった。最後に、オランダでライヒ国家弁務官になって、ニュルンベルク裁判の告発状によれば四〇〇〇人以上の処刑を命じたザイス＝インクヴァルトは正真正銘の反ユダヤ主義者であり、責任あるすべての地位のユダヤ人を絶滅に追いやったから、約十万人のオランダのユダヤ人に死をもたらした政策の作成に無関係なはずはなかったが、彼自身は何も知らなかった、と反論したのだ。ところが、最後の審判のラッパが、今度は彼のために吹き鳴らされると、彼は弁護士としての作法を思い出して自分のことを弁護した。あれこれの文書を援用し、証拠資料の束を念入りに調べ上げたのである。

一九四六年一〇月一六日、五四歳で、この中学校校長エミール・ザディッチの息子は、ニュルンベルクですべてを失って立ち尽くしている。父はザディッチというファミリーネームを捨てて、もっとドイツ的な姓に変え、その息子はモルダヴィアのシュタンネルンで幼年期を過ごし、一九歳でウィーンに移り住んだ。そして今、ザイス＝インクヴァルトはニュルンベルクの死刑台に立っている。数週間を凍てつく太陽のようにまぶしい松明（たいまつ）に照らされた昼も夜も監視付きの独房で過ごし、夜中に最期の時が来たことを知らされた彼は、中庭に続く階段を数段降りてから不安定な足取りで兵士たちのあいだを一列になって進み、ついに死刑台に登ることになる。他の九人の囚人が先に死を迎えた後で、今度は彼の番だ。大柄の刑吏に導かれてふらつきながら歩く。絞首台が立ち並ぶ倉庫のような粗末な仮設建築の中では、リッベントロープが最初に処刑された。彼はもう、いつもそうだったように傲慢ではなく、ベルクホーフの交渉中のように強情ではなく、近づく死にうちのめされて片足をひきずる老人にすぎなかった。

　リッベントロープの後に八人が続いて、次はアルトゥール・ザイス＝インクヴァルトだ。彼は処刑責任者の方へ一歩足を運ぶ。ジョン・C・ウッズ［アメリカ軍曹長。死刑執行人（ハングマン）として知られた］が彼の最期を見届ける証人になるだろう。投光器に照らされて、ザイス＝インクヴァルトは目がくらんだ蛾のようだったが、突然ウッズの太った顔に気づく。ある医学報告書は、矛盾した不自然な表現でウッズにはやや知的障害があったと打ち明けているが、あれほどの苦行にいったい誰が耐えられるだろうか？　他の証言では、彼はアルコール中毒でほら吹きのみじめな男だったという。こんな具合に、一五年間忠実に職務を果たしたこの死刑執行人は経歴の最後の最後になって、ある時ウィスキーをグラスで一ダースもがぶ飲みしたあげく、三四七人の囚人を絞首刑にしたと自慢したが、この数字は疑わしい。いずれにせよ、一〇月のあの日までに、彼はぱっとしない初仕事以来すでに多くの囚人をしばり首にしてきた。ある写真は一九四六年の別の日に、彼が、やはり死刑執行人だったヨハン・ライヒハルト〔ワイマール時代からナチ政権時代まで処刑人だったが第二次大戦後アメリカ軍に協力〕の援助で三〇人の囚人の処刑を実行した場面を私たちに見せつける。左側の列がウッズ、右側の列がライヒハルトの担当だ。ライヒハルトは第三帝国ですでに数千人を処刑してきたが、戦後自分の立場を守ろうとしてアメリカ軍に雇われたのである。結局、死がその場で利用するために提供できるものは限られていて、処刑の間際にザイス＝インクヴァルトが見ることができたのは、あの丸い赤ら顔の刑吏だったのだ。

　最期を迎えて、ザイス＝インクヴァルトは言葉を探したが見つからなかった。サロンの無駄話も、命令や指令も、法廷の議論も終わった今では、ひとつの言葉しか残ってはいない。意味のない言葉だ。それは日の光が透けて見えるほど薄っぺらな言葉で、奇妙な警句で終わっていた。「私はドイツを信じる。」最後に、ウッズは彼の顔に頭巾を被せ、首にロープの輪を巻いてから下降板を作動させた。そしてザイス＝インクヴァルトは――廃墟と化した世界の中心で――突然暗い穴の奥に姿を消した。

7 絶望的な企て

話が先回りしたが、私たちはまだ一九三八年二月一六日にいる。最後通牒の期限切れまであと数時間だ。ミクラスは大統領宮殿に閉じこもり、今度は彼が譲歩する番になった。ドルフースの暗殺者たちは特赦され、ザイス＝インクヴァルトは内務相に任命されてＳＡ（突撃隊）が大きな旗を振りながらリンツの市街を行進している。書類上、オーストリアは滅亡し、ドイツの監督下に置かれた。だが、様子を見れば分る通り、濃密な悪夢も派手な恐怖もそこには存在しない。策略と欺瞞の粘りつくような展開があるだけだ。今のところ、暴虐で尊大な高揚感も恐ろしい非人間的な発言もなく、粗暴な脅迫と低俗なプロパガンダの繰り返しがあるだけだ。

とはいえ数日後には、シュシュニクが突然いらだち始める。あの強いられた協定がのど元に引っかかっていたのだ。最後の奮起ではあるが、彼は議会でオーストリアは今後も独立を維持し、これ以上の譲歩をするつもりないと宣言するが、かえって事態を悪化させることになる。ナチ党員たちが街頭に出て恐怖をふりまき始めたのだ。ナチのザイス＝インクヴァルトがすでに内務相だったから、警察は介入しなかった。

最悪だったのは、この種の反抗的な群衆と腕章や階級章を着けた民兵たちだ。彼らは偽りのジレンマにとらわれて、激しい怒りを恐るべき冒険に惜しげもなく注ぎ込もうとしていた。この時点で、小独裁者シュシュニクは最後のカードを切る。そうだ、どんなゲームにも、そこから先はやり直しがきかない臨界段階が存在することを彼はよく知っていたはずだ。そこまで行けば、相手が一揃いの最強の手札を見せてチップ札を獲得するのを眺めている他はない。クイーンやキングなど、好機に使えなかったので取られないようドキドキしながら手元に残しておいたすべての札が無駄になってしまうのだ。いまやシュシュニクは何者でもなかった。何の力もなく、誰の友人でもなく、何の希望もなかった。彼は決定的な短所さえ抱えていた。断固として貴族階級の時代に逆戻りしようとする傲慢な政治思想である。八年前、カトリックの武装青年組織を率いて自由の屍の上で踊った男は、自由が突如彼を救いに飛んできてくれることなど望めないのだ！　太陽のどんな光も彼の夜を突然照らしてはくれない。彼が最後の務めを果たすのを励ますために、どんな微笑も亡霊のような彼の顔に花開きはしない。どんな冷静な言葉も彼の口から洩れはしない。優雅さのどんな表現も、暗闇を啓くどんなつぶやきも出てこないのだが、それでも彼の顔が涙で濡れることはないだろう。シュシュニクという人物はカードゲームのプレイヤーにすぎず、お粗末な計算高い男でしかなかった。彼は隣国ドイツの誠実さを信じ、押しつけられたばかりの協定の真正ささえ疑わなかったように思える。彼が怖気づくのはもう少し後のことだ。彼はかつて嘲笑した女神たちを呼び出して、すでに死滅した独立のためのこっけいな約束の実現を改めて要求するだろう。以前、シュシュニクは真実を正面から見つめることを望まなかったが、今では、避けることのできない恐ろしい真実が彼の間近に迫って、自分が犯した妥協の傷ましい隠された実相を彼の顔に吐きかけている。

そこで、溺れる者の最後のあがきで、彼は労働組合と、四年前から非合法化されている社会民主党に支援を求めようとする。危機に直面して、社会主義者たちは彼を支持することを受けいれ、その直後にシュシュニクは国の独立に関する国民投票を提起する。ヒトラーは荒れ狂った。三月一一日午前五時、従僕がシュシュニクを起こしに来る。彼の人生で一番長い日の始まりだ。両足を冷たい床に置くと、彼はドイツ軍部隊が大規模な行動を開始したことを知らされた。ザルツブルクの国境は封鎖、ドイツ＝オーストリア間の鉄道も遮断された。いまや一匹の蛇が暗闇を這い回っている。生きることの疲労が耐え難くなってきた。彼は突然とても年を取ったように、恐ろしく老けたように感じたが、この種のあらゆる述懐のためには、これからたくさんの時間が待っている。シュシュニクは第三帝国で七年間収監されるだろう。そこでは、あのカトリックの武装小集団を創設したことについて思いをめぐらせ、何が真のカトリックで何がそうでないのかを悟って、灰の中から光を見分けるための七年が待っている。たとえいくらかの特権が認められても、監禁は恐ろしい試練だった。彼がようやく平穏な生活を過ごせるようになるのは、連合軍によって解放された後のことだ。そして――まるで誰にでも二つの人生が可能であるかのように、まるで死との戯れが私たちの夢想を一掃するかのように、まるであの七年間の暗闇の中で、シュシュニクが神に「私は何者でしょうか?」と問い、神が「別の誰かだ」と答えたかのように――、元オーストリア首相は模範的アメリカ人になるだろう。模範的カトリック信者で、セントルイスのカトリック大学の模範的教授になるだろう。もう少し時代が合えば、彼は部屋着姿でマクルーハンとグーテンベルクの銀河系について議論できたかもしれなかったのだが!(マクルーハンは一時期セントルイス大学教授(一九三七―三九年、四〇―四四年)。『グーテンベルクの銀河系』は一九六二年)

8 電報を待った日

〔一九三八年三月一一日〕午前一〇時頃、フランス共和国大統領アルベール・ルブランがジュリエナス〔ブルゴーニュ地方の銘柄ワイン〕の原産地統制呼称（AOC）に関する政令〔有名な一九三八年三月一一日の政令〕に略式署名して、執務室の両開き窓の方に視線を動かしながら、エメランジュとプリュズヴィイ産のワインが本当にジュリエナスの呼称に値するだろうかなどと考えているあいだに、雨が降り続いて小さな雨滴が窓ガラスに打ちつけていた――初心者の弾くピアノ曲のようだと詩的想像力を飛躍させてから、彼はひどく乱雑に積み上げた書類の分厚い束の上に政令を載せ、次の政令を取り出した。次期会計年度用に国営宝くじの予算を決めるための書類で、彼が署名するのは大統領の任務に就いてから五回目か六回目だった。というのも、いくつかの政令はセーヌ河両岸の大木に棲むアマツバメのように、毎年彼の執務室に戻ってくるのだ。こうして、アルベール・ルブランが途方もないエゴイズムのように広がったランプの傘の下で、いつまでも夢想に耽っているあいだに、ウィーンではシュシュニク首相がヒトラーの最後通牒を受け取ったところだった。国民投票の提案を撤回するか、ドイツがオーストリアに攻め込むか、もう議論の余地はない、という趣旨の電報だ。美徳の幻想が終わりを告げた今では芝居が終わり、化粧を落として衣装を脱ぐ時だ。果てしないと思われた四時間が過ぎた。彼は昼食をキャンセルし、一四時になって、シュシュニクはついに国民投票を中止することにした。やれやれ、すべてはこれまで通りに続いていけるだろう。ドナウ河畔の散歩、クラシック音楽、とりとめのないおしゃべり、デメルかザッハーのパティスリー。

だが、そうはいかなかった。怪物は彼より貪欲で、今度はシュシュニクが辞職し、彼に代わってザイス＝インクヴァルトがオーストリア首相の地位に就くことを要求している。大変なことになった。「何という悪夢だろう。これではきりがない！」若い頃、第一次大戦でイタリア軍の捕虜になった時、シュシュニクは恋愛小説よりグラムシ〔イタリアの革命家、思想家〕の論文を読んでおくべきだっただろう。そうすれば次の文章に出会っていたはずだ。「敵と論争する時には、相手の立場に身を置いてみたまえ。」だが、彼は、相手の立場になってみたことなど一度もなかった。せいぜい、数年のあいだドルフースにへつらった後で、彼の礼服を着ただけである〔一九三四年七月二五日のドルフース暗殺後、後継首相に就任〕。誰かの立場に身を置いてみるとは！　シュシュニクはそれがどんな結果を招くのか、少しも分っていない！　警官隊に殴られた労働者たち、逮捕された組合員たち、拷問を受けた民主主義者たちの立場に立ったことなど一度もなかった。それが今では、彼は怪物たちの皮膚の中に身を置かないわけにはいかなくなっているのだ！　彼はためらった。それこそ最後の最後の決断だった。いつものように、彼は降伏した。武力と宗教の男、秩序と権威の男が、彼らが要求したことをすべて受諾したのだ。彼らにしてみれば、手荒なやり方で要求さえすればじゅうぶんだった。シュシュニクは社会民主主義者の解放を断固として拒否し、報道の自由を頑強に拒否した。国民議会の維持も、ストライキや集会の権利も、自党〔キリスト教社会党〕以外の政党の存在も認めなかった。ところが、この同じ人物が第二次大戦後、ミズーリ州の高貴なセントルイス大学で政治学教授として雇われることになる。以前あらゆる公共の自由を拒否した男は、その頃は政治学に精通していると自認していたようだ。こうして、ごく短いためらいの時間が過ぎると――そのあいだにナチの一団が首相官邸に突入していた――妥協を知らず「ノー」としかいわない独裁者だったシュシュニクはドイツの方に振り向いて、声を詰まらせ鼻は赤く涙目で、弱々しく「イエス」といったのである。

これで終わった！　これ以外にはどうしようもなかった、と彼は『回想録』で打ち明けている。何とかほっとする余裕ができて、傷つきはしたが心底から重荷を降ろした彼は大統領官邸宮殿に向った。共和国大統領ヴィルヘルム・ミクラスに辞表を提出しに行ったのである。ところが驚いたことに、この郵便局員の息子は念のための陳列用の共和国大統領としてポストに就き、普段は儀式の最中にドルフース、次いでシュシュニクの横に大人しく控えているだけで満足していたのだが、この間抜けなミクラスが彼の辞任を拒否したのだ。困ったことになった！　早速ゲーリングに電話を入れたが、ゲーリングにとってあの大馬鹿者のオーストリア人たちはまったく使いものにならなかった！　俺の邪魔をするなと彼は腹を立てたが、ヒトラーは別の考えだった。両手で受話器を握って、ミクラスに辞任を認めさせろと彼は吠え、シュシュニクの正式の辞任を要求した。もっとも確信に満ちた暴君たちが結局多少は形式を尊重したことは奇妙ではある。彼らは手続きをぶち壊さなかったように見せかけたかったかのようだが、実際には、あらゆる慣例を公然と無視して行動していた。暴君たちにとって権力の行使だけではじゅうぶんではなく、彼らが打ち壊そうとしている権力の儀礼を、最後にもう一度自分たちが有利になるように敵に実行させることで、暴君たちは支配の快楽を増大させるといえるだろう。

まったく、三月一一日は長い一日だった！　ミクラスの机の上の柱時計の針は一心不乱にチクタクと、キクイムシのような細かい仕事を続けていた。ミクラスという人物はけっして猛将ではなかった。彼はドルフースがオーストリアにちっぽけな独裁制を打ち立てるのを放置し、ひと言もいわずに大統領のポストを維持することができた。ドルフースの行為が憲法違反だったとミクラスは内輪に洩らしてから、「結構なことだ！」と言い放ったという。それにしてもミクラスは変わった男で、三月一一日午後二時、最悪の時間を迎えて官邸では誰もが聖なる恐怖に囚われ、シュシュニクが始終「イエス、イエス」と繰り返しているのに、あえて「ノー」といったのだ。彼は三人の組合代表や二人の新聞社主や、社会民主主義者の一団に対して「ノー」といったのではない。アドルフ・ヒトラーに「ノー」といったのだ。まったく滑稽な男だ。五年前から滅びゆく共和国の大統領を務める、ひどく精彩を欠いた単なる端役にすぎない人物が、そんな過去の自分に突然仕返しをしたのだった。名士ぶった顔つきでステッキを突き、懐中時計の入った三つ揃いのスーツに山高帽の彼は、もはや「イエス」ということができなかった。たいていの人間は自分の決断にけっして確信を持てないものだが、この哀れな男は突然自分の心の底まで穴を掘って、そこに不条理な抵抗感、小さな釘のような棘を見つけた。その時、これまで立派な原則など持たず自尊心もなかった凡人は、何を思ったか馬が後脚で立ち上がるように急に反抗に転じた。といっても束の間だったが、それでもたいしたものだ。今日はミクラスにとって長い一日になるだろう。

結局、数時間圧力にさらされた末に彼はあっけなく譲歩し、ナチたちを安心させた。戦車で宮殿のレッド・カーペットを蹂躙した彼らは、ミクラスの合意を断固として取りつけるつもりだったからである。ミクラスはいった。「そうだ、シュシュニクは辞任してよい。それは問題ない。この点については立ち戻らないことにしよう。」驚くべき前言取り消しだった。一九時三〇分頃、彼がナチの提案に合意するやいなや、シュシュニクは歴史の地下牢に落ちていった。ナチたちは早速ザイス＝インクヴァルトの首相就任を祝ってシャンパンのきらめく泡を飲み干す準備を始めたが、一九時三一分に、善良なミクラスは彼らの袖を引いて注意を促し、あの役立たずのシュシュニクの辞任には同意するが、ザイス＝インクヴァルトを後任の首相に任命することは断固として拒絶すると伝えた。

　時刻はとっくに二〇時を回っていた。ドイツ人たちは、その後の歴史の教科書が記述するように、国際社会を怖がらせずに体面を取り繕うことを最優先することにしたので（実は国際社会は何も疑ってはいなかった）、脅迫するのに飽きてミクラスを無視することにした。ザイス＝インクヴァルトが首相になれないのは残念だが、内務相として利用しようというわけだ。法規則の侵犯という印象をあまり与えないでドイツ国防軍（ヴェアマハト）にオーストリア国境を越える命令を下すために、彼らはザイス＝インクヴァルトに、ドイツ軍を彼の美しい国に公式の手続きを踏んで即刻導きいれるよう要求した。もちろん、彼はミクラスが首相に任命したくなかった以上一介の閣僚にすぎなかったので、通常の手続きを覆す必要があった。

事態は急を要していたから、もはや憲法の規定に従っている場合ではなかった。緊急事態はつねに最優先されるのだ。

そこで、ドイツ人たちはザイス＝インクヴァルトからの連絡を待つことにした。短い電報で、彼はナチに援助を求めてくるだろう。もう二〇時三〇分だったが、何も起こらなかった。グラスの中では、シャンパンの泡が消えていた。奴はいったい何をしているんだ、ザイス＝インクヴァルトは？　彼が短い電報を急いで送ってきて、事が早く済むことを彼らは期待していた。そうすれば、やっと晩餐にありつける。ヒトラーは逆上しそうだった。何時間も、おそらく何年も待たされているのだ。堪忍袋の緒が切れて、二〇時四五分きっかりに彼はオーストリア侵攻命令を発した。ザイス＝インクヴァルトの招待がなくても構いはしない。そんなものは無視しよう！　権利も憲章も憲法も条約も、法律さえも構うものか。この種の抽象的で、一般的で、非人格的な規範というちっぽけな寄生虫ども、ハンムラビの内縁の妻たちは、誰でも同じように相手にするふしだらな存在なのだ！　だとしたら、既成事実のほうが法や権利より信頼できるのではないだろうか？　ドイツは友好関係を維持するという口実で、誰の許可もなしにオーストリアに侵攻するだろう。

とはいえ、侵略が開始された後でも、相手側の形式的な要請があったほうがドイツの立場が安定すると彼らは考えるだろう。そこで、オーストリア側は相手が受け取りたいような内容の電文を作成した。彼らが望むようなラブレターを愛人に書き取らせて相手を満足させることで、恋は成就するというわけだ。こうして、三分後にザイス＝インクヴァルトは電文を受け取り、アドルフ・ヒトラーに送信することになった。そうすれば、遡及効果の微妙な作用で、侵略は招待に変貌を遂げる。パンは肉となり、ワインは血となるだろう。けれども、ここで新たな驚きだが、あれほど従順なザイス＝インクヴァルトでさえオーストリアをまるごと売り渡すつもりではなかったようだ。時計の針が進んでも電報はヒトラーに届かなかった。

ようやく、果てしない議論の末に、老ミクラスは重い肩をすくめ、疲れ切って、おそらくすっかり嫌気がさして、嫌々ながら、深夜一二時頃ついにザイス＝インクヴァルトをオーストリア首相に任命した。そのあいだに、ナチはすでにオーストリアの主要な権力機関を占拠していたが、ザイス＝インクヴァルトは相変わらず電文への署名を執拗に拒み続けた。ウィーンの街ではカーニヴァルの狂乱の場面が進行し、人殺したちの暴動や放火や大騒ぎが起こって、ゴミが散乱する通りではユダヤ人たちが髪の毛をつかまれて引きずり回されていたが、民主主義の大国は何も見なかったふりをしていた。イギリスはすでに眠りに就いて安らかな寝息を立てていたし、フランスは素敵な夢を見ていた。誰もが無関心だったのである。いちばん大きなカタストロフは、しばしば小さな足音で近づいてくるのだ。

9 ダウニング街の別れのランチ

その翌日、リッベントロープは別れのランチのためにチェンバレンに招かれた。イギリスで数年間過ごしたライヒの駐英大使は本国で外務大臣に昇進したばかりだった。彼は住んでいた家の鍵を返して家主に暇乞いをするために、数日間ロンドンに戻っていた。というのも、第二次大戦前にチェンバレンはアパートメントをいくつか持っていて、リッベントロープは彼の借家人だったのだ。こんな世俗的な事実や、人物とそのイメージの奇妙な不一致から、つまりネヴィル・チェンバレンが「家主」としてヨアヒム・フォン・リッベントロープにイートン・スクエアの彼の家を「家賃」と交換に自由に使わせる契約を結んでいたことから、何らかの結果を予想できた者はいなかっただろう。チェンバレンは二つの不吉な知らせ、二つのローブローの反則のあいだも家賃を受け取っていたはずだが、ビジネスは契約通り進めなくてはならなかったから、その点については、誰も異常を察知しなかった。住宅の賃貸というローマ法以来のありきたりの契約には、誰も何の意味も認めなかったのだ。普通なら、窃盗で裁かれるあわれな悪党が過去の悪行の一覧表を突きつけられると、突如として前歴が雄弁に語り始めるものだが、チェンバレンの前歴の場合には慎重さが必要であり、ある種の節度ある態度が求められる。彼の宥和政策は不幸な過ちにすぎず、家主としての行動は歴史書の脚注のひとつでしかないというわけだ。

昼食の半ばまではごく打ち解けた雰囲気で、二人とも上機嫌だった。リッベントロープは彼のスポーツの武勲を話し始め、自分自身の体験についていくつかの冗談を交えてからテニスの楽しみに話題を移した。アレクサンダー・カドガン卿〔外務次官〕は彼の話を礼儀正しく聞いていた。リッベントロープはまずテニスのサーヴについて、ゴムの芯に白いフェルトを巻いた小さな球体であるテニスボールについて語り、ボールの寿命はごく短いと主張した。試合時間より短いことさえあるのだ！　それから、彼によれば半神のごとくサーヴを成功させた偉大なビル・チルデンについて語った。チルデンは一九二〇年代のテニス界に君臨したが、今ではもう誰にもできないことだ。彼は五年間一試合も負けなしで、デヴィス・カップ七年連続優勝を遂げた。チルデンには弾丸サーヴと呼ばれる武器があって、長身痩軀で広い肩幅と巨大な手を持つ彼の肉体はこの至上のパフォーマンスに最適だった。リッベントロープは尽きることのない長話を刺激的な暴露やエピソードで飾り立てた。たとえば、チルデンは彼のいちばん多産な一連の勝利の初めに指先を切断してしまったことがあった。運悪く指先をフェンスにひっかけたのだが、手術の後では、まるで自然淘汰による間違いだったあの小さな指先が近代外科医学によって矯正されたかのように、以前より優れたプレイヤーになった。しかし、チルデンはとりわけ戦略家だったと、両唇をナプキンで拭ってリッベントロープは強調し、彼の『ローンテニスの芸術』は、オヴィディウスの書物(『アルス・アマトリア』)が愛の技法の宝庫であるように、テニスの技法についての考察の宝庫だと述べた。とりわけ、若い頃仲間に「リッベンスノッブ(スノッブなリッベンッ)」とからかわれた人物の本領発揮というわけだが、リッベントロープによればチルデンはいつもとてもリラックスしていたし、じつにエレガントで、彼のバックハンドはバレリーナの舞台挨拶のようだった。もっとも、テニスコートで彼は絶対君主であり、誰も彼を打ち破ることはできなかった。四〇歳を越えてから相手が試合に勝つことがあっても、誰も首位の座を彼から取り上げはしなかった。それはチルデンが威厳ある態度で臨むすべての試合に見られることだった。それから、リッベントロープは自分自身のテニスのゲームについて少しだけ話した。実のところ、カドガン卿はテニスの話にはひどく退屈していたのだが、ライヒの外務大臣の声に微笑を浮かべて耳を傾けていた。チェンバレン夫人でさえ、食事の初め頃にリッベントロープの罠にかかって、彼の怒濤のような言葉にも礼儀作法を守って耐えることになった。リッベントロープは、今度は若い頃のカナダ滞在を話題にして、その際も白シャツ白ズボンで、モカシンシューズの踵を踏んづけながらテニスコートに立ち、サーヴィスエースを自在に決めたと自慢した。立ち上がって、ロブを打つ動作さえして見せたので、グラスを倒しそうになり、直前に立て直したが、そんな仕種は道化芝居のように受け取られた。その後また少しだけチルデンのことを話し始め、一九二〇年代には彼のゲームを見に一万二〇〇〇人が集まったが、当時としては空前絶後の記録で今でも驚くべき数字だと語った。とくに彼が強調したのはチルデンが「ナンバーワン」だったことで、長年にわたって「ナンバーワン」だったと繰り返した。その時、運よくメインディッシュが到着した。

オードヴルに付いた食前酒は冷やしたシャラント産白ワインだったが、リッベントロープは銘柄には少しも注意を払わずに飲み干してしまった。メインはルーアン〔Louhans ブルゴーニュ地方の小都市。美食で知られる〕産プーラルド〔太らせた雌鶏〕のリュシアン・タンドレ風で、同席していたチャーチルが料理を賞讃し、おそらくリッベントロープをからかってカドガンの気を揉ませるために、ライヒの大臣にもう一度テニスの話をたきつけた。あのビル・チルデンはブロードウェイの役者で、『ゴースト・ドライヴ』と『ピンチ・キッター』(ピンチを怖がる選手)という二冊の最悪のテニス小説や、この種の作品の著者だったのではありませんか? リッベントロープはそのことを知らなかった。チルデンについては、彼の知らないことが沢山あったのだ。

ランチはこんな具合に進行した。ライヒの大使はすっかりくつろいでいる様子だった。盗賊や犯罪者の巣窟だったナチ党内部では、彼はすでに落ち着きはらった「オールドファッション」の優雅なふるまいや礼儀作法でアドルフ・ヒトラーに注目されていた。その完璧な服従精神を伴う尊大な態度が、リッベントロープを羨望の的である外務大臣のポストにまで押し上げたのだ。だから、この三月一二日に彼はダウニング街で、彼に用意された人生の頂点に立ったことになる。彼の人生で最初の仕事はマム社とポメリー社のシャンパンの輸入業者だったが、ヒトラーはライヒのためのロビー活動、つまりあちこちで人心を探り、ある種の情報を収集させようと彼をイギリスに送った。その頃の混乱期を通じて、彼はヒトラーにイギリスが行動を起こすことはできないと保証し続けた。彼はいつも総統がいちばん無謀な行動を遂行するように元気づけ、彼の誇大妄想的で凶暴な傾向にへつらった。こうして、ヒトラーが、本人の知らないうちに、時折り「シャンパンの下っ端セールスマン」と呼んだ男はナチの栄光の階段を登りつめた。社会体制を根源から破壊しようという連中のあいだでも、この種の偏見は根強かったのだ。

食事の最中に、チャーチルが『回想録』に記している通り、外務省からの使者が割って入ってきた。会食者たちはプーラルドの最後のもも肉を取り分けているか、もうレモネード付きのフロマージュ・ブラン入りコルニオット・ケーキに進んでいるか、あるいはシオン・タルトを味わっているかだったろう。このタルトには、小麦粉二〇〇グラム、バター一〇〇グラム、塩ひとつまみ、全卵一、二個、砂糖少々、牛乳四分の一リットル、セモリナ粉と、それらすべてを混ぜるための水が必要だ。調理法や飾りのつけ添えについては省略するが、ダウニング街ではしばしばフランス式のレシピで調理していた。首相のネヴィル・チェンバレンはフランス料理が大好きだったからだ。それにしても、彼はなぜこれほど料理にこだわるのかといえば、ちなみに『ヒストリア・アウグスタ(ローマ皇帝群像)』のどこかに、ローマの元老院ではターボット〔ヒラメまたはカレイ〕を調理するソースについて何時間も議論したと書かれているほどである。というわけで、フォークが二度音を立てるあいだに、外務省の使者がカドガン卿にこっそりと封書を手渡し、一時やや気まずい沈黙が流れた。カドガン卿は文書を注意深く読んでいるようだった。その後しばらくして会話が再開され、リッベントロープは何ごともなかったかのようにふるまった。彼はチェンバレン夫人に小声で少々お礼を述べた。その時、カドガンは立ち上がり、文書をチェンバレンに手渡した。カドガンはたった今読んだばかりの内容に驚いたり、困ったりした様子はなかった。今度はチェンバレンが不安そうに読んでいた。そのあいだに、リッベントロープは相変わらず得意の冗談を口にしていた。デザートにエスコフィエの考案したキイチゴのカーディナル風が出されたところで、皆が食べることに集中しているあいだにカドガンは文書を回収して席に戻った。チャーチルはコッカースパニエルのような大きな目の片方を開いて、チェンバレンの方をちらりと見て、首相の両目のあいだに険しい皺ができているのに気づき、憂慮すべき知らせだったのだと思った。リッベントロープの方は何も気づかずに、外務大臣に任命されたことでひどく上機嫌で、一人で盛り上がっていた。チェンバレン夫人の招きで、皆はサロンに移った。

コーヒーが出され、リッベントロープは彼の専門分野であるフランスワインについて語り始め、すっかり長話になって同席者を疲れさせた。今では誰も覚えていない話題をめぐって、彼はワイングラスを積み上げる仕種をし、ピラミッドの頂点にシャンパングラスを置くふりまでして、麗々しく乾杯してみせた。彼の想像上のグラスは冷やされていて、シャンパンも摂氏六度のはずだった。理想的な温度だ。リッベントロープはデザートナイフでグラスを叩き、首をすくめて微笑した。外は雨で、木々は濡れて舗道が光っていた。

チェンバレン夫妻は明らかに我慢ならない様子だったが、なんとか礼節を守った。ヨーロッパの強国の大臣とのこの種の会合を途中で切り上げるわけにはいかない。機転を利かせてお開きにする機会を見つける必要があるのだ。やがて、招待客たちは何かが起こっていると感じるようになった。チェンバレンと夫人はひそひそ話を始め、話の輪はカドガンやチャーチル夫妻その他の重要人物にまで次々とひろがって、まず数人が席を立った。だが、リッベントロープはこの日の別れの会に有頂天で、混乱した事態に気づかず最小限の機転を利かせることさえできなかった。皆がしびれを切らしていたが、この場合も礼節が優先され、誰もそのことを口に出さなかった。たしかに、主賓を追い出すわけにはいかない。サロンを出て外套を羽織り、鉤十字（ハーケンクロイツ）付きの大きなメルセデス・ベンツに乗り込む時が来たことに、自分で気づく必要があったのだ。

けれども、リッベントロープは何も、まったく何も理解していなかった。彼はおしゃべりを続け、彼の妻までがチェンバレン夫人と賑やかな会話を始めた。その場の雰囲気は常軌を逸したものになっていった。客人たちは声の抑揚を少し変えてかすかな苛立ちを示したが、本当に礼儀正しくても隠しきれないほどの感情だっただろう。このような状況に耐えられるとは、自分の頭がおかしくなったのか、あるいは気が小さすぎるのか、他の人も同じ苛立ちを感じているのかと考えてしまうものだが、そんな必要はない。人間の脳は気密性の高い器官なのだ。目は内心の思いを暴露してしまうけれど、気づかれないような動作の意味は他人には読み取れないから、私たちの身体全体が私たちを高揚させる一篇の詩のようなものだが、隣にいる人たちにはひと言も理解できないのである。

突然、これまで我慢していたチェンバレンがリッベントロープに言った。「それでは失礼します。急用で呼び出されましたので。」少々唐突だったが、話を打ち切るにはそれ以外の手段を彼は思いつかなかったのだ。彼が立ち上がると、大多数の客は主人夫妻に挨拶してダウニング街を後にした。しかし、リッベントロープはまだ残っていた数人と一緒に居座って、会話はその後も長く続いた。カドガンとチェンバレンが食事中に読んだメモのことには誰もふれなかったが、そのイメージは紙きれの亡霊のように彼らのあいだに漂っていた。皆が知りたがったはずの文書への返事の内容は誰も知らなかったけれど、それこそがこの日の奇妙なお笑い劇の本当の台本だった。結局、誰もが立ち去ることになったが、その前にリッベントロープは面白くもない小話の残りを全部ぶちまけた。まるで、素人劇団の元役者が世界史の大舞台で秘密の役を演じているようだった。元アイススケーターで、ゴルファーで、ヴァイオリン弾きといってもよいだろう。リッベントロープという男は何でもこなせたのだ！　何でも！　公式昼食会を最大限引き延ばすことさえお安い御用だった。まったくおかしな道化者で、無知と洗練が入り混じった奇妙な男である。ところがある時、彼は文法がひどく間違った文書を書いたことがあったという話がある。リッベントロープが総統宛に書いたそのメモを手渡されたフォン・ノイラートは彼のライバルだったから、本当は丁寧に直してやるべきその文章を、意地悪からわざと直さなかったという話だ。

ダウニング街では最後の招待客たちがようやく立ち去って、リッベントロープ夫妻もやっと重い腰を上げた。公用車の運転手がドアを開けると、リッベントロープ夫人はドレスの裾を優雅につまんで夫妻は車に乗り込んだ。その際にも率直な冗談を口にして、場を和ませたほどだ。すべての会食者を煙に巻く役回りをうまく演じたことが嬉しくて、二人はようやく誰のことも気にせずにおもいきり笑いこけた。外務省の職員が届けたメモを読んでチェンバレンが恐ろしく不安そうに見えた時、彼らには当然事態の真相がすっかり分っていた。もちろん、夫妻はメモの内容を正確に知っていたので、チェンバレンと彼の部下たちにできるだけ長く時間を浪費させる任務を引き受けていたのである。だから、彼らは食事も食後のコーヒーも、サロンでの会話も常識の限界まで最大限長引かせたのだ。そのあいだ中、チェンバレンは緊急事態に対応することができず、テニスの話をしてマカロンを味わうことに追われていた。リッベントロープ夫妻はチェンバレンの過剰な礼節、国家的理由さえ待機させるほどの病的な礼節につけこんで、非常に巧みに彼を本来の任務から方向転換させることに成功した。その結果、外務省の職員から届いたあのメモはあまりにも長いランチのあいだずっと謎のままだったが、そこには恐るべき報告が含まれていた。ドイツ軍部隊が、ついにオーストリアに侵攻したのである。

10 「電撃戦(ブリッツクリーク)」

三月一二日の午前中、オーストリア人たちはあきれるほど陽気な興奮状態でナチの到来を待ち受けていた。当時の多くの映像には、キオスクのカウンターや縁日の露店用の軽トラックの前で大勢の人びとが手を伸ばして鉤十字の小旗を買い求める姿が映っている。ドイツ軍の行進をひと目でも見ようと、いたるところで、彼らは爪先で立ったり、外壁の張り出しや石垣や街灯によじ登ったりしたが、ドイツは彼らを待たせることになる。午前中が過ぎて、午後になっても彼らはやって来ない。奇妙なことだ。たまにエンジンの大きな轟音(ごうおん)が一帯に響き渡ると、小旗が振られて群衆の顔に微笑が浮かんだ。あちこちで「ドイツが来るぞ、来るぞ!」という叫び声が聞こえ、皆が目を凝らして舗装道路の先を見つめたが何も現われなかった。彼らはまだ期待していたがとうとう全身の力が抜けて両腕をだらりと垂らし、一五分もすると、地べたにすわったり草の上にしゃがんだりしておしゃべりを始めた。

一二日の夜、ウィーンのナチ党員たちはアドルフ・ヒトラーを歓迎するために松明行進を計画していた。儀式は感動的で壮大なものになるはずだった。彼らは遅くまで待ったが、誰もやって来なかった。何が起こったのか、彼らには分らなかった。連中はビールを飲んで大声で歌い続けたが、やがてもう歌いたくなくなった。なんとなく期待を裏切られた気がしたのだ。ちょうどその時、三人のドイツ兵が列車で到着した。彼らが降りてくると歓喜の瞬間が訪れた。ドイツ軍の兵隊だって？　まるで奇跡だ！　三人は街中の賓客になった。その夜のウィーン市民ほどドイツ兵を歓迎した者はいなかっただろう！　ウィーン市民ほど！　ドイツ兵に、彼らは何でも提供した。あらゆるチョコレート、あらゆるモミの木の枝、ドナウ河のあらゆる水、カルパチア山脈のあらゆる風、これから兵士諸君のものになるリング通りにシェーンブルン城とその中国風サロン、ナポレオンの寝室とローマ王の遺体〔ナポレオン一世の息子でオーストリアに亡命、一八三二年二一歳で死去しウィーンに埋葬されたが、一九四〇年にヒトラーが遺体をパリのナポレオン一世の墓の隣に移させた〕、ピラミッドの戦いの砂〔一七九八年ナポレオン軍とエジプトのマムルーク軍がピラミッド付近で戦った〕、何でもありだ！　ドイツ兵といっても軍隊の宿営地の準備にやってきた三人の下級兵士だけだったが、ウィーン市民はドイツに占領されることを待ちかねていたので、彼らは三人と一緒に街中を練り歩き、兵士たちを喝采で歓迎した。だが、哀れな三人の男は自分たちが引き起こした熱狂の意味をよく理解していなかったから市民がこれほど好意的とは知らず、少しばかり恐怖を感じたほどだった……。愛も時には人を恐れさせるのだ。ところが、やがて市民たちのあいだに疑問が生じる。ドイツ国防軍はどこだ？　戦車は何をしているんだ？　自動機関銃付き装甲車は？　ドイツが我々に約束したあの途方もない野獣たちはどこにいるんだ？　ヒトラー総統はもう自分が生まれたオーストリアが欲しくないのか？いやいや、そんなはずはないが……。ある噂が流布し始めたが、大きな声ではいえなかった。ナチ党員が何でも立ち聞きしていたから、用心が必要だった……。ドイツ国防軍は前代未聞の勢いで国境を越えたところで問題が発生し、みじめにも足止めを食っているという噂で、確実ではなかったが状況は陰口を裏づけていた。

事実、ドイツ軍はひどく苦労して、ようやく国境を通過したところだった。不可解な混乱が起こってのろのろと一〇〇キロほど進んだだけで、その頃はリンツ付近で停滞していた。その年の三月一二日は快晴で、夢のような上天気だったというのに。

その日は万事順調な滑り出しだった。九時に国境の遮断機が上がると、彼らはもうオーストリアに入っていた。暴力沙汰も銃撃も必要なかった。この国で彼らは好意的に迎えられ、苦もなく、おだやかに微笑んで征服者になったのだ。戦車も軍用トラックも砲兵車両も、あらゆる派手な兵器が、婚礼を祝う大パレードのためにウィーンめざしてゆっくりと進んでいた。花嫁は合意していたから、一部で非難されたようなレイプではなくて正式な結婚だった。オーストリア人たちは歓迎のしるしにナチ式の敬礼をして、声をからしてハイル・ヒトラーと叫ぶだろう。この習慣には五年前からなじんでいたのだ。けれども、リンツへの道は困難を極めた。車両は排気ガスをふかし、オートバイは芝刈り機のように咳き込んだ。まったくこんな上天気なら、ドイツ人たちは庭仕事をしてからオーストリアを少しだけ回って、おとなしくベルリンに戻り、戦車をトラクターに変えてティーアガルテン〔ベルリン中心部の区の名前〕でキャベツでも育てたほうがよかったかもしれない。というのも、リンツの周辺では、何もかもがうまくいかなかったのだ。それでも空は晴れ渡って清々しく、この上もなく美しかった。

三月一二日の星座占い（ホロスコープ）はてんびん座、かに座、さそり座には最高だったが、それ以外の人びとの運勢は不吉なものだった。ヨーロッパの民主主義国家はドイツの侵略に対して幻惑されたような諦めで応じただけだった。イギリスは侵略が迫っていることを知って、あらかじめシュシュニクに警告していたが、それ以上のことはしなかった。フランスの方はちょうど内閣が危機に陥って、政府不在の状態だった。

ウィーンでは三月一二日の朝、『新ウィーン日報』編集長エミール・レーブルだけが、あえて小独裁者シュシュニクを称える記事を発表することになる――それは抵抗のごく小さな意思表示だったが、この記事に続くものはないだろう。暴漢の一団が新聞社に駆け込んで編集長を追い出したのだ。ナチのＳＡ（突撃隊）がオフィスに侵入して職員や記者や編集者たちを殴りつけた。だが、『新ウィーン日報』は極左派の新聞ではなかった。議会が壊滅した時、彼らはひと言も論評しなかったし、専制的カトリック派の新体制にもおとなしく賛同の意を表した。ドルフース政権下の編集部の追放さえも受けいれたし、社会民主主義者たちが職場を追われて収監され、新聞社の仕事を禁止された時も、それほど困りはしなかったのだ。けれども、ヒロイズムとは奇妙で相対的な感情だから、その朝、抵抗の意見を表明したのはエミール・レーブルだけだと分ると、感動と同時に不安を感じないわけにはいかない。

リンツでもたいした違いはなかった。ドイツ軍侵攻に先立って恐るべき迫害が実行され、今や街全体がナチに同化していた。市民たちはいたるところで歌い、総統の到着をひと目見ようと今か今かとかたずを呑んでいた。街中の住人が街頭に飛び出し、太陽はさんさんと輝き、ビールがどくどくと注がれた。やがて朝の時間が過ぎて、彼らはバーの片隅で眠り込んだ。時間を止めることはできなかったから、すぐに正午になり、太陽はペストリングブルクの丘（リンツ近郊の観光地）の上で天頂に達した。噴水は沈黙し、街に出ていた家族は昼食のために家に戻り、ドナウ河はゆったりと流れていた。植物園では有名なサボテン園が花盛りで、蜘蛛たちが花を蠅と間違えたりしていた。ウィーンでは、グラン・カフェのカウンターで客たちが小さな声で話していた。ドイツ軍はまだヴェルス〔リンツ南西二五キロの小都市〕に到着していないし、たぶんメッゲンホーフェンにさえ着いていないだろう！ 口の悪い連中は、奴らは道を間違えたのだとか、スーザ〔北イタリアのアルプス山麓の町〕かディムヤート〔エジプト北部の港町〕あたりを走っているから、来年は〔パリの〕ボビノ劇場で会えるだろうなどと冷笑した！ 彼らの中には、軍の補給路に大きな問題が発生し、ガソリン不足が深刻になったらしいと声をひそめてささやく者もいた。

ヒトラーは凍てつくような風に吹かれて自動車でミュンヘンを出発していた。彼のメルセデス・ベンツは奥深い森林を走り抜けた。まず生地ブラウナウに立ち寄ってから青春時代を過ごしたリンツに向い、それから両親の墓のあるレオンディングに行く予定で、最終的には良い想い出の残る旅になるはずだった。一六時頃、ヒトラーはブラウナウで国境を越えていた。日光が降り注いでいたが、とても寒かった。総統の行列は二四台の乗用車と二〇台ほどの小型トラックからなり、SS〔親衛隊〕もSA〔突撃隊〕も、警察も軍の部隊も揃っていた。彼らは群衆と挨拶を交わし総統の生家の前で一瞬停止したが、時間は無駄にできなかった！ 予定よりすっかり遅れていたのだ。少女たちが花束を差し出し、群衆が鉤十字の小旗を振って、万事順調だった。午後半ばまでに、行列はすでに多くの村を通過していた。ヒトラーは微笑して手を振った。その表情からは高揚感が見て取れた。大波のように押し寄せる農民や若い娘たちに、彼はたえずナチ式の敬礼を送った。だが、たいていの場合、彼は腕をやさしく組み合わせる少し女性っぽい動作を繰り返した。その後、チャップリンが実に巧みに茶化すことになるジェスチャーである。

11
戦車の大渋滞

「電撃戦（ブリッツクリーク）」という短い定型表現は、宣伝を通じて戦争の壊滅的なイメージに貼りついている。この攻撃的戦略の理論家であるグデーリアン〔ドイツ陸軍上級大将〕は、素っ気ないが人目を引く題名の著書『戦車に注目せよ！（アハトゥング・パンツァー）』で電撃的に進行する戦争の理論を展開した。もちろん、彼はジョン・フレデリック・チャールズ・フラーを読んでいたし、ヨガに関する彼の粗雑な著作を崇拝していた。グデーリアンはフラー〔イギリス陸軍少将（電撃戦理論の先駆者）〕の錯乱的な予言の書を熟読し、そこに世界に潜む恐るべき神秘を見出したと信じたが、とくに彼が夜を徹して眠らずに読み耽ったのは陸軍の機甲師団化に関するフラーの論文だった。フラーを読んでグデーリアンは思いをめぐらせ、彼が呼び起こした英雄的で残虐な戦争のイメージが気に入ったのだ。というのも、ジョン・フレデリック・チャールズ・フラーは情熱家であり、それも度を越した情熱の持ち主だったので、議会制民主主義諸国家の無気力を憂い、もっと高揚感のある体制の創出を熱心に追求して、モズレー〔一九三二年イギリス・ファシスト同盟設立〕の運動に加わることになる。やがて、フラーはナチズムの勢力拡大を狙って北部同盟（ノルディック・リーグ）のメンバーになるだろう。この小さな組織はいかにもイギリス風の田舎家に集まって秘密の会合を開き、ユダヤ人問題について何時間も議論するのだった。だが、その共鳴者はロンドンのメイフェア地区〔高級住宅街〕の商人たちばかりではなかった。それどころか、動物愛護に熱心だったダグラス＝ハミルトン公爵夫人も組織の賛同者だったし〔人も知るように、地上のあらゆる悲惨は人間の魂を主要な起源としている〕、あの善良なウェリントン公爵〔第八代〕、アーサー・ウェルズリーも仲間だった。イートン校出身の社交界の人気者で、この世のあらゆる安逸の恩恵を授かった人物であり、この点では許し難い男である。彼はプロペルティウス〔『エレギア』で著名な古代ローマの詩人〕とルカヌス〔『内乱』で著名な古代ローマの詩人〕を熟知し、おそらく早朝自分の地所のテオクリトス〔田園詩で著名な古代ギリシアの詩人〕の牧人たちのあいだを、鳥笛（ピポー）を吹きながら散歩したものだった。とびきりというわけではなかったが、美術品の蒐集家でもあった。それはさておき、彼の頭蓋骨は小さく下唇がだらしなく突き出て、ぼんやりした眼差しだったので、もしロンドン郊外の庶民的な地区で生まれていたら、誰からも注目されず無視されたような男だった。

「戦車に注目せよ！」一九三八年三月一二日こそは戦車部隊お披露目の日だった。陸軍第一六軍団の先頭に立って、ハインツ・グデーリアンはついに長年の夢を実現した。ドイツ製の最初の戦車は一九一八年に二〇台ほど製造されたが二百馬力の重い鉄の箱にすぎず、ひどく手間のかかる操作でのろのろ進む巨大な手押し車のようだった。そのうちの一台は第一次大戦末期にイギリス軍の戦車と対決して、徹底的に破壊されてしまったのだ。この最初の洗礼以来ドイツのタンクは長足の進歩を遂げ、やがてパンツァーⅣが一時戦場の女王となるが、一九三八年三月のパンツァーはよちよち歩きの段階にすぎなかった。クルップ製のこの小型戦車は当時まだごくありふれた戦闘用車両で、装甲が薄すぎて対戦車砲の弾丸に耐えられなかったし、装着された機銃は軟弱な標的しか攻撃できなかった。パンツァーⅡはまだずっと小型で、まさにイワシの缶詰だった。高速軽量だったが敵の戦車の装甲を貫通できず、こちらの車体も脆弱だったから、工場から出たとたんに時代遅れになってしまった。もともと訓練用の戦車だったはずだが、製造が遅れているところで戦争が予想より早く始まったので、すぐに実戦に使われたのである。パンツァーⅠのほうはミニ戦車でしかなく、大人が二人、ヨガの教師さながら身体を曲げて金属部分に直接座らなくてはならなかった。車体は弱すぎ武装も貧弱だったが、そのかわり安価でトラクターより少し高いだけだった。

ヴェルサイユ条約はドイツに戦車の製造を禁じていたので、ドイツの企業はダミー会社を通じて外国で戦車を作った。巧みな会計操作はいつの時代でもひどく腹黒い手段を利用するものだが、こうして、ドイツは驚異的と称する兵器を秘かに製造していたのである。あの日、一九三八年三月一二日、すべてのオーストリア人が街道沿いで待っていたのは、ついに白日の下で実現した約束の新兵器の到来だったから、彼らは晴れ渡った空の下で、少し不安そうで少し興奮していた。

ちょうどその頃、ドイツの誇る見事な戦争マシーンにちょっとした問題が起こって、戦車の車列全体が道端で動けなくなってしまった。ヒトラーが乗ったメルセデス・ベンツは車列を避けて進み、彼は戦車を軽蔑の眼差しで睨んだ。すると今度は大型砲兵車両が道路のまんなかで動かなくなった。クラクションを鳴らして総統閣下が通るぞと叫んでも無駄だった。車両は糊付けされたような状態でもがいていた。車のエンジンは崇高な奇跡を呼ぶので、一滴のガソリン、一瞬のスパークでブルン！　と生きかえることがある。ガソリンと空気の混合気圧が上昇してクランク軸が回転すれば、車は動き出すのだ！　けれども、簡単なのは紙の上だけのことで、実際に故障するとそう単純にはいかず、どこから手をつけたらいいか分らなくなってしまう！　汚れた機械油の中に両手をつっこんでビスをゆるめてしめ直す等々の必要があるのだ。ところで、一九三八年三月一二日は快晴だったがひどい寒さだったから、工具箱を路上に出して作業するのは楽しいはずもなかった。ヒトラーは激怒していた。快活で夢のような行列が栄光の一日をもたらすはずだったのに、動きのとれない一日に変わってしまったのだ。こうしてスピードが渋滞に、活力が窒息状態に、躍動が停滞に置き換えられた。

アルトハイムやリートのような小都市では、いたるところでオーストリアの若者が寒風にさらされて顔面を紫色にして到着を待ち続けた。寒くて泣きそうな者たちもいた。当時の人気スターの番付では、フランスの女の子たちはギャラリー・ラファイエットでティノ・ロッシの歌を好み、アメリカの女の子たちはベニー・グッドマンのヒット曲にあわせてスイングしたものだが、オーストリアの少女たちはティノ・ロッシにもベニー・グッドマンにも無関心で、アドルフ・ヒトラーがお気に入りだったから、どの村の入口でも「デア・フューラー・コムト（総統来たる）！」という叫び声が聞こえた。ところが誰も来なかったので、人びとはあれこれ詮索し始めていた。

けれども事態は深刻だった。故障したのは数台の孤立した戦車や、あちこちで止まった装甲車だけではなかった。ドイツ陸軍の大部隊の車両がほとんどすべて立ち往生して、今や道路は完全に封鎖状態になっていた。まったく喜劇映画の一場面のように、総統の顔面は酔ったように真っ赤で、修理工が路上を駆け回り、焦った指揮官は興奮して第三帝国の乱暴な言葉づかいで命令を叫び続けている。輝く太陽のもとで、軍隊が時速三五キロで進軍してこちらに向ってくるなら、人びとをあっと言わせただろう。だが、立ち往生した軍隊はもはや何の役にも立たず、確実に笑いを誘うだけだ。将軍が呼ばれて大目玉を食らうだろう！　大声で怒鳴られて、罵られるのだ。ヒトラーは将軍をこの失敗劇の責任者とみなすだろう。総統を通すためには、なんとかして大型車両を移動し、数台のタンクを牽引して、自動車を押して動かす必要があった。こうして、ヒトラーは夜になってやっとリンツにたどり着いた。

そのあいだに、凍るような月光に照らされて、ドイツ軍部隊はできるだけ多くのタンクをできるだけ速く鉄道の車両に搭載しようとしていた。ミュンヘンから鉄道員やクレーン操作員などの専門家が呼ばれたようだった。やがて列車にはサーカス団の装備一式を積み込むように、次々と装甲車両が載せられた。公式行事のためには、なにがあってもウィーンに行く必要があった。一大スペクタクルが待っているのだ。あの陰気なシルエット、夜中にオーストリア国内を走るあの棺桶のような列車と、その積荷の戦車や装甲車はじつに異様な情景だったにちがいない。

12 電話の盗聴

三月一三日、アンシュルス（オーストリア併合）の翌日、イギリスの諜報部はイギリス国内とドイツのあいだで電話による奇妙な喜劇の交信を傍受した。「リッベントロープ君」と、ヒトラーが祖国オーストリアに向っているあいだライヒを任されたゲーリングは嘆いた。「我々がオーストリアを脅迫したとされるあの最後通牒の一件は、とんでもない嘘だ。ザイス＝インクヴァルトが民衆の支持で権力の座に就いて、我々に援助を求めている。君がシュシュニク体制の残酷さを知ってさえいれば！」するとリッベントロープは答えた。「信じられませんな！　全世界に知らせる必要があるでしょう。」二人の会話はこんな調子でたっぷり三〇分は続いた。こんな不可解な言葉を書きとめた係員たちの頭の中を想像してみよう。彼らは突然劇場の舞台裏に潜入した印象を受けたにちがいない。しばらくして対話は終わりに近づき、ゲーリングは当日の晴れ渡った天気にふれて、青空と小鳥たちのことを話した。彼はバルコニーにいると言い、ラジオでオーストリア人たちの熱狂を聴くことができると語ると、リッベントロープは「それは素晴らしい！」と叫んだ。

それから七年後の一九四五年一一月二九日、私たちは同じ対話を再び聞くことができた。以前ほどためらいがなく、もっと書き言葉のようだったが、まさに同じ人物の言葉で、同じように無造作で、あざ笑うような調子だった。ニュルンベルク国際法廷での出来事である。アメリカ合衆国検事シドニー・アルダーマンは、平和に対する陰謀の告発を補強するために一件書類から紙束を取り出した。リッベントロープとゲーリングのあいだのこの対話の意味は彼には非常に明快で、彼によれば、そこには他国を誤解させるためのある種の「裏表のある二重の表現」（ダブル・ランゲージ）が聞き取れるというのだった。

アルダーマンは書類の朗読を始め、短い対話を劇の台詞のような調子で読み上げた。巧みな朗読だったので、最初の人物としてゲーリングの名前を読み上げた時、被告人席にいた本物のゲーリングが思わず立ち上がろうとしたほどだった。だが、彼はそこにいる自分の名前が呼ばれたのではないことをすぐに悟った。アルダーマンはゲーリングの前で彼の役を演じて、その長い台詞を再読しただけだったのだ。単調で威圧的な声で、アルダーマンは短い場面を読み上げた。

ゲーリング　リッベントロープ君、君も知っているように、総統は不在中ライヒの統治を私に任せたから、オーストリアを満たしている途方もない歓喜について君に知らせたかったのだよ。君も歓喜の声をラジオで聴くことができる。

リッベントロープ　まったくその通り、素晴らしいですな。

ゲーリング　ザイス＝インクヴァルトは彼の国がテロや内戦に陥ることを恐れて、我々がただちに到着するよう頼んできたから、無秩序状態を避けるために我々はすぐに国境の手前に集結していたのだ。

だが、一九三八年三月一三日の時点では、もっと事実に即した交信録が将来誰かの手に渡るかもしれないことをゲーリングは知らなかった。というのも、歴史家がいつかその記述を利用する必要に備えて、彼は重要な会話を詳細に記録しておくよう秘書官たちに命じていたのだ。年を取ったら、彼自身による『ガリア戦記』を執筆するつもりだったのかもしれない。彼はそのために、自分の経歴の偉大な挿話に関してその場で書き取られたと思われる記録に依拠することができたはずだった。ゲーリングはまた、これらの記録が、彼が退職する年齢に達して書斎机の引き出しの中で任務を全うする代わりに、ここニュルンベルクで一介の検事の手に渡って使命を終えることも知らなかった。そこでは二日前の三月一一日夜、ベルリンとウィーンのあいだで交わされた別の交信も聴くことができた。ゲツベルスがザイス＝インクヴァルトか仲介役の在ウィーン・ドイツ大使館顧問ドンブロウスキー、それにもちろん、後世のための彼らの途方もない会話の記録者以外には、誰も聴いていなかったと信じた電話である。事実、彼は誰もがこの電話を聴くことになるとは気づかなかった。といっても、実際に話していた一分間のことではなくて、彼がニュルンベルクで一瞬だけのぞき見た将来の話だが。こんな具合に、その夜ゲーリングが交わしたすべての会話は爆弾の雨を奇跡的に逃れて、今では完璧に記録化され、参照可能になっている。

ゲーリング　ザイス＝インクヴァルトは何時に組閣を発表するつもりか？
ドンブロウスキー　二一時一五分です。
ゲーリング　組閣は一九時三〇分でなければだめだ。
ドンブロウスキー　……一九時三〇分ですか。
ゲーリング　ケプラー〔親衛隊大将、当時大使館書記官〕が名簿を渡す。法務大臣が誰になるか知っているか？
ドンブロウスキー　もちろんです……
ゲーリング　名前を言ってみろ……

ドンブロウスキー　あなたの義理の兄弟の方ですね？

ゲーリング　そうだ、それでいい。

そして刻一刻と、ゲーリングはその日の予定を電話で指示している。短い言葉のやりとりからは、彼の高圧的で尊大な調子が少しずつ伝わってきて、突然オーストリア併合という事件の犯罪的な側面が見えてくるのだ。さきほど朗読された場面から二〇分足らずでザイス＝インクヴァルトから電話があり、ゲーリングは彼がミクラスに会って、一九時三〇分までに彼を首相に任命しなければただちに国境を越えてオーストリアに襲いかかることを理解させるよう命じる。イギリスの盗聴を意識したゲーリングとリッベントロープとの穏やかな会話とは大違いだし、オーストリアの解放者のイメージからもほど遠い調子だが、留意すべきことがひとつある。ゲーリングが用いた「オーストリアに襲いかかる」という脅迫だ。彼はこの種の表現に身の毛もよだつようなイメージを貼りつけたのだ。けれども、理解を深めるためにここで録音テープを巻き戻す必要がある。現在の私たちが知っていると思っていることも、戦争のことも忘れて、ゲッベルスのモンタージュによる当時のニュース映画と彼のあらゆるプロパガンダを放棄する必要がある。そして、この時点では電撃戦（ブリッツクリーク）は存在しなかったことを思い出さなくてはならない。電撃戦の実態は戦車の立ち往生とオーストリアの国道での車両の大渋滞にすぎなかった。電撃戦とは、ポーカーの手のように後から出されて軍人たちを奮い立たせるキーワード以外の何ものでもなかったのだ。この時の戦争で驚くべきことは、はったり（ブラッフ）作戦の前代未聞の成功であり、誰もがブラッフ（虚勢の脅し）に譲歩してしまった。いちばん真面目で、いちばん厳格な人物でも、旧体制の指導者たちでさえ、公正な裁きの要求には決して譲歩せず、民衆の蜂起にも決して屈しないのに、はったりの前では従わざるを得ないのである。

ニュルンベルクで、ゲーリングは握りこぶしの上に顎をのせてアルダーマンの朗読を聞きながら、時々にやっと笑った。当時の場面の登場人物たちは同じ部屋に集められていた。彼らはもうベルリンでも、ウィーンでも、ロンドンでもなく、たがいに数メートルの距離にいた。リッベントロープと彼の別れの会食、ザイス＝インクヴァルトと彼のカポ（強制収容所で他の囚人を監視する特権を与えられた囚人）さながらの卑屈さ、ゲーリングと彼のギャングめいた手法が、朗読からよみがえってくる。陳述の最後にアルダーマンは三月一三日に戻り、短い対話の終わりの部分を読み上げた。あの単調な口調で読んだので威厳はすっかり消え失せて、ありのままの単なる俗っぽい調子が戻ってきた。

ゲーリング　こちらの天気は素晴らしいぞ（ヴンダーバー）。青空で、私はバルコニーの椅子に座っている。寒いから毛布を掛けてな。これからコーヒーを飲むところで、小鳥がさえずっている。ラジオでオーストリア人たちの熱狂ぶりが聴けるというわけさ。

リッベントロープ　そいつは素晴らしい！

この瞬間、被告人席では柱時計の下で時間が止まった。何かが起こったらしく、法廷中が彼らの方を振り向いた。『フランス・ソワール』紙のニュルンベルク法廷特派員ジョゼフ・ケッセル〔『影の軍隊』『昼顔』などで著名なフランスの作家〕が後に語るように、「素晴らしいぞ（ヴンダーバー）！」という言葉を聞いてゲーリングが笑い出したのだ。ゲーリングは数年前の自分の大げさな表現を思い出し、おそらく、あの時の芝居じみたやりとりが後世の謹厳な歴史書の記述や重大な出来事について人びとが抱くイメージとははるかにかけ離れていると感じて、リッベントロープに向って笑い始めた。すると、リッベントロープも引きつったような笑い声を立てた。国際法廷の判事たちの目の前で、世界中から集まったジャーナリストの目の前で、この廃墟のまったただなかで、二人は笑いが止まらなかった。

13 ハリウッドの貸衣装店

真実はあらゆる種類の埃にまみれて見えなくなってしまうものだ。だから、ドイツの知識人でアメリカに移住した貧しいユダヤ人、ギュンター・シュテルン〔作家・思想家ギュンター・アンダース（一時期、ハンナ・アーレントの夫）〕は、アンダース（「他者」）と改名する前に生活を支えるために雑多な職業に就き、四〇歳を越えてから長年ハリウッド・カスタム・パレスで働いていた。この大型店はあらゆる時代のコスチュームを所蔵しているが、それはハリウッド・カスタム・パレスが映画用の貸衣装や小道具専門店だからである。この店では、クレオパトラやダントン、それに中世の大道芸人やカレーの市民などの衣装を映画用に貸し出していた。ここでは人類が身に着けてきた崇高だが無価値なあらゆる古着が見つかる。過去の栄光や想い出の複製の断片が陳列棚にちらばっているのだ。木刀やボール紙の王冠、紙製の仕切り壁なども常備されているが、鉱夫の襟首についた炭も、乞食の膝の擦り傷も、死刑囚の首の血も、すべて贋物である。歴史は見世物なのだ。ハリウッド・

カスタム・パレスでは過去に存在したあらゆるものに出くわすから、殉教者の衣装が古代ローマの高官のトーガと同じ物干し紐に吊るしてある。時代の区別などお構いなしだ。映画や写真のイメージは現実世界ではないというが、それも疑わしくなってくる。こうして、パレスのすべての階には人類のすべての時代が積み上げられ、訪れる人に不条理で狂気じみた印象を与える。まるで偉大な過去の奥深くに入り込んだようだが、隅っこに押し込められ、自分が小さくなった感じで、そこに積もった埃はただの粉で道具類の破損も作りものだし、顔の汚れも化粧にすぎない。外観だけが事物の実相なのだ。だが、人類の数が明らかに多すぎるので、ハリウッド・パレスにはあまりにも多様多種の古着が集まり、あまりにも多くの時代が積み重なっている。ドレープ付きペプラム〔ウエストから袖の部分が広がった女性用上着〕を羽織ったローマ人、安物のアクセサリーを身に着けたエジプト人、バビロニアのサーカス団員、ギリシアの密輸商人、それにアフリカやアジアやタヒチのあらゆる種類の腰巻、グジャラートの女性の色あざやかなサリー、ベンガルの見事なバルカリ〔サリーの一種〕、ポンディシェリの軽いコットン〔いずれもインドの特産品〕など、きりがない。マレーのサロン〔腰布〕もあれば、ポンチョや頭巾付きの上着（パエヌラエ）まで、あらゆる種類の衣服が見つかる。大昔のスリーブ付きの服、チュニカ〔貫頭衣〕、ブラウスにシャツ、カフタン〔イスラム教徒の長い上着〕、先史時代の野獣の毛皮、先祖代々のあらゆる長ズボンなど、ハリウッド・カスタム・パレスは魔法の洞窟だ。たしかに、そこで働くのは華々しい仕事ではない。パンチョ・ビリャ〔暗殺されたメキシコの革命家〕の死体の衣服をたたんだり、メアリー・スチュアート〔エリザベス一世により処刑されたスコットランド女王〕のコルレット〔飾り襟〕の位置を直したり、ナポレオンの帽子をもとの棚に戻したりするのだが、それでも偉大な歴史の小道具係になれるのだから、大変な特権にはちがいない。

ギュンター・シュテルンは日記で次の点を強調している。そこには、ありとあらゆる衣服があった。サーカスの猿やドーヴィルで子犬が着た服さえあったし、アダムの葡萄の葉からナチの突撃隊の長靴まで、なんでもありだったが、いちばん驚かされたのは地上のあらゆる衣装が見つかることではなくて、そこにナチの制服がすでに陳列されていたことだ。そして皮肉なことに、ナチの長靴を磨いているのは一人のユダヤ人だったと、ギュンター・シュテルンは書いている。店員は店内のあらゆる衣類や装身具の手入れをする必要があったのだ！　ハリウッド・カスタム・パレスのすべての従業員同様、彼はローマのグラディエーターの半長靴や中国のサンダルにブラシをかけるのと同じように念入りに、ナチの長靴を靴墨で磨かなくてはならなかった。といっても、ここでは現実に起こったことは問題にならない。こうした衣装は映画の撮影用に、つまり世界そのものを演出する大がかりな仕掛けのために必要なのだ。すぐに使える準備ができていて、実物より本物らしく、美術館や博物館に展示されているものより正確だ。ボタンひとつ、糸一本足りないことがない完璧なレプリカであり、ブティックの陳列棚のようにあらゆるサイズが揃っている。だが、非の打ちどころのないレプリカといっても、ここにある衣装はすり切れて穴が開いて、汚れている必要がある。もちろん、世界はニューモードのファッションショーではないから、映画は幻想を作り出さなくてはならない。そのためには、偽りの裂け目やしみや錆をつけておくことが必要になる。すでに時代が過ぎ去った印象を与える必要があるのだ。

　こうして、スターリングラードの戦いが始まるずっと前、バルバロッサ作戦〔一九四一年六月のソ連侵攻作戦〕が計画される前、そしてフランス侵攻の前、つまりドイツ軍がそんなことを少しでも思いつく前から、戦争はすでにハリウッド・カスタム・パレスのスペクタクル用品の棚の上で始まっていたわけだ。アメリカの巨大なマシーンである映画産業は、戦争という途方もない大騒ぎをすでに取り込んでいた。アメリカ映画では、戦争は勝利者の武勲の形でしか語られない。その方が儲かるからだが、戦争は利益の上がる映画のテーマのひとつにすぎない。結果から見れば、世界を勝手に改造して、めちゃくちゃにしたのはドイツの戦車でも急降下爆撃機でも、ロシアのカチューシャ砲でもなかった。そうではなくて、ハリウッドの一区画で、何本かの大通り（ブールヴァール）のあいだの、ドーナッツショップとガソリンスタンドの角にあるあのカリフォルニアの映画関連産業の中で人類の生活を描写する密度が高まって、映画が集合的な確信の色合いを帯びるようになっていったのである。最初期のスーパーマーケットの店内やテレビの前で、トースターとポケット電卓のあいだで、世界が現実生活のテンポでみずからの歴史を語るようになったのはカリフォルニア〔の消費社会〕からであり、それ以後の社会では、結局このテンポが採用されることになる。

そして、ヒトラー総統がフランスに対する攻撃の準備を指令し、彼の参謀本部が旧式のシュリーフェン・プラン〔第一次大戦時の参謀総長シュリーフェンによる対フランス・対ロシア二正面作戦回避のためのフランス急襲計画〕を復習している頃、彼の修理工がまだ戦車を修理中だった時点で、ハリウッドではすでにナチの制服が旧時代用の衣装棚にしまいこまれていた。彼らの衣服は過去の事件用にハンガーに吊るされ、折りたたまれて時代物の衣装置き場に積み上げられていた。あるいはまた、状況が見えず情報も伝わらなかったフランス大統領ルブランが宝くじに関する政令に署名している頃、イギリス外務大臣ハリファックスがナチの共犯者を演じ、怯えきったオーストリア国民がドイツの狂人の影法師のうちに彼らの運命を見つけたと思った頃、ナチの兵士の軍服はもう貸衣装店の倉庫にしまいこまれていたのである。

14
幸せのメロディー

三月一五日、ウィーンのホーフブルク宮殿前に集まって、カール大公〔一八〇九年、アスペルンの戦いでナポレオン軍を撃破〕の大きな騎馬像の上まで広場をすっかり埋めつくした大群衆、ドイツに翻弄され、邪険にされてきた哀れなオーストリアの群衆はついに歓呼の叫びで迎えることになった。歴史の醜悪なぼろ布を持ち上げれば、そこに平等に対するヒエラルキーの支配、自由に対する秩序の支配が見つかるだろう。だから、前の戦争の敗北で落胆していたこの膨大な数の群衆は、狭量で危険な、未来の展望のない「国民(ナシオン)」の思想に惑わされて、空中に腕を突き上げていた。ホーフブルクの皇妃シッシのバルコニーからは、ひどく奇妙で不安を誘う、歌うような声が聞こえ、しゃがれて不快な叫びでヒトラーが演説を終えるところだった。彼がわめきちらしたドイツ語は、後にチャップリンが発明する言葉使いにとても近かった。呪いにあふれ、「戦争」、「ユダヤ人」、「世界」などの単語がとぎれとぎれにしか聞き取れない演説だ。宮殿前では、数えきれないほどの群衆が叫んでいた。総統はバルコニーからオーストリア併合を宣言したばかりだったのである。喝采は一糸乱れず、あまりにも力強く湧き上がるようだったので、当時のニュース映画に登場する群衆の喝采と同じ録音盤を聞かされているのではないかと疑いたくなるほどだ。というのも結局のところ、この歴史的場面を私たちに伝えるものはニュース映画やプロパガンダ映画の映像であり、映画が私たちの内部の歴史認識を作り上げることになる。歴史について私たちが考えることはすべてあの月並みなスクリーンに由来しているのだ。

何が本当に起こったのか、私たちは決して知ることがないだろうし、実際には誰が話していたのかも、もはや知ることがない。当時の映画が驚異の魔術を通じて私たちの記憶そのものになっている。世界戦争とその前兆はあの際限なく繰り返される映画の中に取り込まれ、そこで私たちはもう何が真実で何が虚偽なのかを区別できない。ライヒは大戦へといたる現実のドラマの登場人物より多くの映画監督、フィルム編集者、カメラマン、録音技師、道具係などを雇ったので、ロシア〔ソ連〕とアメリカが参戦するまでの時期のこの戦争について私たちが抱いているイメージは、今後も永遠にヨーゼフ・ゲッベルスの演出によるものであり続けるだろう。世界史はヨーゼフ・ゲッベルスが制作した映画のように、私たちの目の前で展開されるのだ。当時のドイツのニュース映画は歴史の捏造のモデルであり、この点でアンシュルスは驚異的な成功を収めた。実際、三月一五日の群衆の喝采は明らかに後から映像に付け加えられたものだ。いわゆる事後録音(アフレコ)だから、私たちが現在聴けるような、総統がバルコニーに登場した際の異常なほど熱狂的な大歓迎は、現実とはかけ離れていたといってよいだろう。

私も当時の映画を見たが、間違いはない。あの場面のためにオーストリア全土のナチの闘士を集めて反対派やユダヤ人を逮捕していたので、彼らは選別され、浄化された群衆だった。とはいえ、オーストリア人たちもたしかにそこにいたから、映画用の群衆だけではなかった。金髪を三つ編みにしたうれしそうな少女たちも、微笑みながら喝采するカップルもたしかにそこにいた――あの微笑、あの身振り! ナチの行進が通ると打ち振られる旗! 一発の祝砲も撃たれなかったのは、まったく残念なことだった!

けれども、何もかもが予定通りに進行したわけではなかった。「世界最高の軍隊」はうすっぺらな金属の板の寄せ集めにすぎないことを暴露したばかりだった。しかし、準備不足や機材の故障があったし、「ヒンデンブルク」と命名されたツェッペリン飛行船がニュージャージーで着陸直前に爆発し、三五人の乗客たちが死んだすぐ後だったとはいえ、ドイツ空軍の多くの将軍たちはまだ空中での戦闘技術についてよく知らなかったとはいえ、ヒトラーがまったく経験がないのに軍の最高指揮権を奪取していたとはいえ、当時のニュース映画は人びとに無敵の軍隊の印象を与えた。そこでは巧みに編集されたシーンを通じて、ドイツ軍の戦車や装甲車が歓喜する群衆のあいだを進む映像が見られるのだが、それらの車両が途方もなく大規模な故障を起こしたばかりだとは誰も想像できないだろう。ドイツ軍は花々と微笑が敷き詰められた、たやすい勝利への道を進んでいるように見える。スエトニウス〔古代ローマの歴史家で『皇帝伝』の著者〕は、ローマ皇帝ネロは彼の軍団を北方に派遣したが、兵士の隊列が乱れたり集中が途切れた時には彼らを海岸に並ばせて、貝殻を拾って息抜きをするよう命じたと述べている。たしかに、当時のフランスのニュース映画を見ていると、ドイツの兵士たちは群衆の微笑を拾い集めて一日を過ごしたように思えてくる。

★

現在私たちに起こっていることは数カ月前の新聞にすでに書かれていた、そんなふうに思えることがある。現実とは前に見たあの悪夢にすぎないのだ。こうして、オーストリア併合から半年あまり後の一九三八年九月二九日、あのよく知られた会議のために政治家たちはミュンヘンに集合し、ヒトラーの食欲を満たせると思い込んで、チェコスロヴァキアを彼に譲り渡す。フランスとイギリスの代表団がドイツを訪れて、大歓迎を受ける。大ホールにはシャンデリアのクリスタルの垂れ飾りが輝き、カリヨンが風に揺れて怪物たちの頭上で天空のメロディーを奏で、ダラディエとチェンバレンのチームはヒトラーからごくわずかな譲歩でも引き出そうと試みることになる。

私たちは歴史を痛めつけて、歴史が私たちを苦しめてきた主人公たちにポーズを取らせることを要求する。歴史の舞台では、埃だらけの服の縁も、黄ばんだテーブルクロスも、小切手帳の控えの部分も、コーヒーのしみも決して目にすることはないだろう。私たちには歴史の見栄えのいい面しか見せてもらえないのだ。それでもよく観察すれば、ミュンヘンで協定に署名する直前に撮られた写真には、ヒトラーとムッソリーニの隣にチェンバレンとダラディエが写っているが、イギリスとフランスの首相からは自信に満ちた表情は読み取れない。とはいえ結局、彼らは署名した。二人をナチ式敬礼で歓迎する大群衆の喝采に包まれてミュンヘン市街を通過した後で、彼らは協定に署名したのだ。この時の写真では、ダラディエは少し気づまりな様子でシャポー(丸い帽子)を頭にのせてカメラに挨拶し、チェンバレンは山高帽(ハット)を手に持って、おおらかに微笑んでいる。当時のニュースで疲れを知らない平和の職人と命名されたこの政治家は、会場[ナチ党地方本部]の石段を登り、ナチの兵士の二重の列のあいだで白黒の映像にその姿を永遠にとどめている。

この瞬間に、フランスのニュース映画のナレーターは感きわまって、ダラディエ、チェンバレン、ムッソリーニそしてヒトラーが、四人とも平和への信念にかり立てられて後世のためにポーズを取っています、と鼻声で語るのだ。ところが、まさに後世の歴史はこの種のコメントがあきれるほど無内容だったことを暴露し、その後のあらゆるニュース映画が嘆かわしいほど信頼に欠けるものになることを予告している。ミュンヘンでは平和の大きな希望が生まれたことになっているが、そう主張する者たちは言葉の意味を知らなかった。彼らは、どの単語も同じ意味になる楽園の言語で話していたようなものだ。少し後になって、一六四八メートル長波のラジオ・パリで音楽が何曲か流れてから、ダラディエは自分がヨーロッパの平和を救ったことに確信を持つと語ったが、実は何も信じてはいなかった。パリで飛行機から降り立った時、喝采する群集に対して彼はこうつぶやいたのではなかっただろうか。「まったく！　愚かな奴らだ。本当のことを知ったらどうなることか！」もろもろの悲惨な状況が積み重なった当時の現実の中では、すでに最悪の出来事の準備が始まっていたが、そんな時こそ嘘を尊重する奇妙な心情が人びとを支配する。謀略が事実を打ちのめすのだ。そして間もなく、我々の国家元首たちの声明は春の嵐に飛ばされるトタン板の屋根のように、戦争の嵐に吹き飛ばされてしまうだろう。

15 死者たち

こうして、オーストリアではドイツによる併合を正当化するために国民投票が実施されることになった。まだ反対している少数の者たちは逮捕されてしまい、司祭たちは説教壇からナチのために投票するよう呼びかけ、カトリック教会の聖堂が鉤十字で飾られた。旧社会民主党のリーダーでさえ賛成投票を呼びかけたから、反対票はほとんどなく、オーストリア人たちの九九・七五パーセントがライヒへの併合に賛成票を投じた。この物語の最初に登場した二四人の紳士たち、つまりドイツの大企業の高僧たちはすでにこの国の分捕りを検討し始めていた。ヒトラーは凱旋行進とでも呼べるようなかたちですでにオーストリアを巡回し、この感激的な再訪の最中にはいたるところで大歓迎を受けた。

けれども、オーストリア併合の直前にはたった一週間で一七〇〇人以上の自殺者を数え、やがて新聞で一人の自殺が報じられること自体がナチに抵抗する行為になった。ジャーナリストの中には、自殺の代わりにあえて「突然死」と記述する者も出てきたほどだ。報復の恐怖が彼らを黙らせたので、目立たないような別の慣用表現を探したのである。したがって、併合直後に自死を選んだ人びとの数も、その名前も知られてはいないのだが、それでも併合の当日には『新自由新聞』では次の四件の死亡記事を読むことができる。「三月一二日朝、アルマ・ビロ（公務員、四〇歳、女性）は静脈を剃刀で開いてからガスの栓を開けた。同じ頃、カール・シュレージンガー（作家、四九歳）はこめかみに銃弾を撃ち込んだ。ヘレーネ・クーナー（主婦、六九歳）も自殺。午後には、レオポルト・ビヤン（公務員、三六歳）が窓から飛び降りた。動機は不明。」このありきたりの短いベタ記事は目にするだけでも恥ずかしいものだ。というのも、併合翌日の三月一三日には、もはや誰も彼らの真の動機を無視することはできなくなってしまう。それも個人的動機ではなくて、唯一の同じ原因によるものだったことは明らかだった。

アルマ、カール、レオポルトあるいはヘレーネは、おそらく彼らの住まいの窓から街路を引き回されるユダヤ人たちを見ていた。事情を察するには、頭髪をそり落とされた彼らの姿に気づくだけでじゅうぶんだった。頭を剃られた男の後頭部に通行人がタウ十字（T字形の十字）を書きつけるのをかいま見るだけでじゅうぶんだった。それは十字軍のクロスで、一時間前にはシュシュニク首相がまだ上着の襟の裏に付けていたものだ。こうした現実が訪れる前でさえ、四人がその噂を聞いたり、推測したり、予期したり、想像したりするだけでじゅうぶんだった。人びとのにやにや笑いを目にするだけで、何が起ころうとしているのかを知るにはじゅうぶんだったのだ。

だからその朝ヘレーネが、叫び立てる群衆のあいだで、通行人の好奇の視線を浴びながら四つん這いにさせられて舗道の掃除を強制されるユダヤ人の姿を見たかどうかは、それほど問題ではない。ユダヤ人が口に雑草を突っこまれるおぞましい場面を自ら経験したかどうかもそれほど問題ではない。彼女の死は、彼女自身が切実に感じた大きな不幸と醜悪な現実、そしてむき出しのまま繰り広げられる人間を死に追いやる世界への嫌悪、ただそれだけを表現しているのだ。なぜなら結局、犯罪はすでにそこ、ナチの小旗や少女の微笑の中で、あの堕落しきった春そのものの中で実行されていた。さらに、彼らの笑いや度を越した熱狂の中にまで、ヘレーネ・クーナーは憎悪とその快楽の享受を感じないわけにはいかなかった。あの群衆の数千のシルエット、彼らの顔という顔の背後に、彼女は何百万人もの強制収容所の囚人たちを思わずちらりと見つけてぞっとしたにちがいなかった。そして、身の毛のよだつような狂喜の喝采の背後に、マウトハウゼン強制収容所の石切り場をすでに予見していた。一九三八年三月一二日、彼女は死を選んだ。ウィーンの少女たちの微笑と群衆の叫びの中に、ワスレナグサのさわやかな匂いに、あの奇妙な歓喜と熱狂の中心に、彼女は暗黒の悲しみを体験したにちがいなかった。

色とりどりの紙テープに紙吹雪に鉤十字の小旗。熱狂した少女たちはどうなったのだろうか？　彼女たちの微笑は？　あの憂いのなさは？　あれほど一心不乱で、あれほど楽しげな表情は？　一九三八年三月のあのお祭り騒ぎはその後どうなったのだろうか？　もし少女たちの誰か一人でも、当時のニュース映画の画面に自分の姿を見つけたとしたら、彼女はどう思うだろうか？　世界の起源の時代以来、真実を思考することは隠し通されたままだ。人びとは語尾を呑みこみ、息を止めて思考してきた。世界の皮膚の下では、生命が樹液のようにゆっくりと秘かに流れている。けれども、今では少女の口元や目元は皺くちゃで、声も出にくくなっているだろう――彼女の視線は、歴史アーカイヴの彼女の映像を吐き出すテレビとヨーグルトのあいだで世界の表面をさまよい、女性看護師は老少女のそばで手持ち無沙汰だ。彼女は世界戦争からあまりにもかけ離れていて、暗黒の夜に歩哨がつぎつぎに交代するように世代が交代していったことなど、もはや知る由もない。彼女は自分が生きた青春時代、あの果物の匂い、どくどくと息も切らさず昇ってくる樹液のようなあの生命力の高まりをその後の恐怖からどうやって切り離せるのだろうか？　私には分からない。老人介護施設の中で、エーテルとヨードチンキの匂いに包まれて、小鳥のように弱々しい老少女はテレビの細長く冷たい画面の上に自分の姿を見つけるだろう。戦争と廃墟とアメリカ軍あるいはロシア軍の占領が終わってから何年も過ぎて、女性看護師が施設の部屋のドアを開けた時、リノリウムの床の上でサンダル履きでうめき声を上げ、籐椅子の肘掛けにしみだらけの生暖かい手をだらりと落として、それでも彼女はホルマリンの瓶から辛い記憶をひっぱり出して、時にはため息をつくのだろうか？

　アルマ・ビロ、カール・シュレージンガー、レオポルト・ビヤン、ヘレーネ・クーナーはそれほど長くは生きなかった。一九三八年三月一二日、窓から飛び降りる前に、レオポルトは何度も真実と、そして恥辱と対決しなくてはならなかった。彼もまたオーストリア人だったのだろうか？　何年も前から国民統合的（ナショナル）＝カトリシズムのグロテスクな悪戯（いたずら）に耐えてきたのだろうか？　その日の朝、二人のオーストリアのナチ党員がドアのベルを鳴らした時、若者の顔は突然老人の表情に変わったようだった。少し前から、彼は権力とその暴力から解き放たれた新しい言葉を探していたが、結局見つからなかった。彼は意地の悪い隣人や、会えば目をそらす元同僚に出くわすことを恐れながら、何日も街をさまよった。彼が愛した人生はもう存在していなかった。彼の人生にはもう何も残されていなかった。彼は公務員の仕事に打ち込むことにある種の喜びを感じていたが、自分の職業への気づかいも正午の質素なランチも、古いビルの階段に座って通行人を眺めながら食べる軽食（カッスクルート）も、もう残っていなかった。すべては台なしになってしまった。あの三月一二日の朝、ドアのベルが鳴り響いた瞬間に、彼は長いあいだ魂を麻痺させてきた力の及ばないあの内なる声を聞いた。彼は窓を開けて飛び降りたのだ。

ヴァルター・ベンヤミンはマルガレーテ・シュテフィン〔ブレヒトと親しかったドイツの女優・作家。一九四一年モスクワで病死〕への手紙で、痛烈な皮肉をこめて、ユダヤ人がガスを使うことはガス会社の損失になるという理由で、ウィーンのユダヤ人たちが突然ガスの供給を止められたと書いている。その一方で、ガスの最大の消費者が料金を支払っていないと、彼はつけ加えているのだが、このあたりからベンヤミンの手紙は奇妙な方向に向うので、後世の者たちが正しく理解できるかどうか定かではない。私たちはためらってしまう。彼の表現の意味作用は木々の枝のあいだや青空の上を漂い、突然何もないところにちょっとした意味の水たまりができてくるのだが、その意味とはあらゆる時代を通じてもっとも異常で、もっとも悲しいものなのだ。というのも、オーストリアのガス会社が当時ユダヤ人へのガスの供給を拒否したとすれば、それは彼らがとりわけガス自殺を選んだ結果、ガス料金が未払いのままになってしまうからだというのである。それが事実なのか――常軌を逸した実利主義を通じて時代は多くの恐怖を生み出してきたのだから――、それとも蠟燭の陰気な微光のもとで思いついた冗談、おぞましい冗談にすぎないのか、私には分らないが、ひどく辛辣な冗談だったにしても、事実だったにしても、大した違いはない。ユーモアがあれほど邪悪な傾向を帯びる時、そこでは真実が語られるのだから。

これほど不運な逆境に置かれると、ものごとは本来の名前を失って私たちから遠ざかる。そうなると、もう自殺について語れなくなってしまい、アルマ・ビロも、カール・シュレージンガーも、レオポルト・ビヤンも自殺などしなかったことになる。そうだ、ヘレーネ・クーナーも、彼らのうちの誰も自殺はしなかった。彼らの死は、彼ら一人ひとりの不幸についての謎めいた物語とは同一化できない。彼らが尊厳を失わずに死を選んだとさえ言えなくなってしまう。そうではなかった。彼らを蝕んだのは個人的な絶望などではない。彼らの苦悩は集合的なものであり、彼らの自殺は他者による犯罪なのだ。

16 あの人たちはいったい何者なんだ？

時には、ひとつの単語だけで文全体が形を取って、私たちを正体不明な夢想の中に跳び込ませるにはじゅうぶんだ。そこでは、時間の存在は感じられない。時間は混沌（カオス）のさなかで、何ごとにも動じないで巡礼の旅を続けるのだ。こうして一九四四年、グスタフ・クルップは妻のベルタとコンツェルンの後継ぎである長男アルフレートと一緒に晩餐を取っていた。彼がナチ党に献金して最初期の彼らの体制を支えた産業界の高僧の一人であることは、この物語の冒頭で見た通りだ。クルップ一家が居住し、彼らの権力を象徴していた壮大な宮殿、ヴィラ・ヒューゲル〔ルール地方の中心エッセン郊外にあるクルップ家の豪邸〕で過ごす最後のひと時だった。その頃には、クルップの冒険は挫折し、ドイツ軍はいたるところで退却していたから、この地所を離れてルール地方から遠く離れたブリューンバハに疎開する必要があった。砲弾もそこまでは届かないから、寒くて雪深い場所だが平和に暮らせるだろう。

突然、老グスタフが立ち上がった。かなり前から、彼は後戻りできない心身の不自由な状態に落ち込んでいた〔一九四一年脳卒中〕。老衰で失禁することもあり、数年前から、ほとんど何もしゃべらなくなっていたのだ。ところがその晩、ディナーの最中に彼は突然立ち上がり、ひどく怯えた様子でナプキンを胸にあてて、部屋の奥のちょうど息子の背後のあたりに痩せた長い指をむけて、ぶつぶつとつぶやいた。「あの人たちは、いったい何者なんだ？」妻が振り向き、息子も反対側を向いた。二人とも恐怖を感じた。部屋の隅は闇に沈んでいたが、暗闇がうごめいて、影法師が闇の中でゆっくり這い回っているようだった。だが、グスタフを怯えさせたのはヴィラ・ヒューゲルに棲みついた亡霊ではなかったし、怪物でも悪霊でもなかった。それは本物の人間たちであり、本物の顔が彼を見つめていた。彼は目を丸くして暗闇から現われる人物たちを見た。未知の人びとだった。彼はひどい恐怖を感じ、凝り固まって立ち尽くした。召使たちも身動きできなくなった。カーテンが凍りついたようだった。グスタフはこの瞬間まで一度も見たことのないものを実際に見たような気がした。そして、彼が見たもの、暗闇からゆっくりと姿を現したもの、それはSS（ナチ親衛隊）が彼の工場のために徴用した何万人もの強制労働者たちの屍だった。みんな虚無の世界から出てきたのである。

何年ものあいだ、クルップはブーヘンヴァルト、フロッセンビュルク、ラーフェンスブリュック、ザクセンハウゼン、アウシュヴィッツその他多くの収容所の囚人たちを徴用した。彼らの余命は数カ月にすぎなかった。感染病に罹らなかったとしても文字通り餓死したのだ。だが、囚人たちを働かせたのはクルップだけではなかった。一九三三年二月二〇日のナチとの会合の共犯者たちも彼らを利用している。犯罪的な情熱や政治的ジェスチャーの背後で、彼らの選択は利益をもたらすものだった。戦争は儲かるビジネスだったのだ。バイエルはマウトハウゼンで労働力を調達し、BMWはダッハウ、パーペンブルク、ザクセンハウゼン、ナッツヴァイラー＝シルメックで囚人を雇用した。ダイムラーはシルメックで、IGファルベンはドラ＝ミッテルバウ、グロース＝ローゼン、ザクセンハウゼン、ブーヘンヴァルト、ラーフェンスブリュック、ダッハウ、マウトハウゼンで囚人を雇った。IGファルベンはアウシュヴィッツ収容所に巨大な化学工場「IGアウシュヴィッツ」を開設した。まったく無神経にも、この工場はその通りの名称で会社の組織図に記入されている。アグファはダッハウで、シェルはノイエンガンメで、シュナイダーはブーヘンヴァルトで、テレフンケンはグロース＝ローゼンで、ジーメンスはブーヘンヴァルト、フロッセンビュルク、ノイエンガンメ、ラーフェンスブリュック、ザクセンハウゼン、グーロス＝ローゼン、アウシュヴィッツで、収容所の囚人たちを雇用した。資本家たちは皆あまりにも安価な労働力に飛びついたのである。だから、その晩家族との食事中にグスタフが見たものは幻覚ではなかった。何も見ようとしなかったベルタと彼らの息子の方が幻覚に囚われていた。というのも、あの死者たちは暗闇の中にたしかに存在していたのだ。

一九四三年にクルップの複数の工場に到着した六〇〇人の囚人のうちで、一年後まで生きていたのは二〇人だけだった。コンツェルン経営の手綱を息子に委ねる前にグスタフが行った最後の公的事業のひとつは、ベルタ工場の建設だった。強制労働工場だったが、妻の名を冠したのは彼女への謝意の表現に違いない〔砲弾等の軍事部品生産のためにマルクシュタット強制収容所付近に建設し、収容所の囚人を徴用〕。そこでは、囚人たちが冬も夏も収容所と工場のあいだの五キロの道を粗末な木靴で往復し、鉄屑で真黒になり、シラミをうつされて働いた。彼らは朝は四時半に起こされ、SSの看守と訓練された犬に挟まれて工場に向い、殴られ、痛めつけられた。夕食にはしばしば二時間かかったが、ゆっくり食事をするためではなくて、スープ用の椀が足りずに順番を待つ必要があったからだ。

このへんで、少しだけ私たちの物語の最初に戻って、大きな机のまわりの二四人全員をもう一度見直してみよう。一見したところ、大会社の社長たちのありきたりの会合にすぎず、皆が同じ三つ揃いの礼服に同じ黒か縞のネクタイで、胸には同じシルクのポケットチーフ、同じ金縁の眼鏡を掛け、同じ禿げ頭で、今の社長たちと同じように分別くさい顔つきである。結局、男性のモードはほとんど変わっていないのだ。戦後の時代になると、彼らのうちには金のバッジの代わりにドイツ連邦共和国功労勲章を誇らしげに着ける者もいるだろう。フランスのレジオン・ドヌールと同じで、体制は変わっても社長たちは同じマナーで栄誉を授かるのだ。ではあの二月二〇日に戻って、彼らが落ち着き払って穏やかな様子で開会を待っているところをのぞいてみよう。そのあいだに、悪魔が爪先立ちでこっそりと彼らの背後に忍び寄ってくる。彼らはおしゃべりの最中だ。この小規模の長老会議は、それ以後の何百もの同種の会合とまったく同じ雰囲気だが、そのすべてが遠い過去の出来事だなどと思ってはならない。彼らは地質時代の怪物ではないし、一九五〇年代にロッセリーニの映画〔『ドイツ零年』〕に描かれたような廃墟と化した悲惨なベルリンのどこかに消えてしまった生き物でもない。彼らの名前はいまなお存在し、彼らの財産は途方もない。彼らの会社は合併を繰り返し、全能の大複合企業（コングロマリット）を形成している。テュッセン＝クルップ企業集団は鉄鋼業の世界的リーダーで、本部は今なおエッセンにあり、現在のスローガンは「公開性と透明性」だが、この会社のウェブサイトにはクルップ一族について次のような短いノートが掲載されている。それによれば、グスタフは一九三三年までヒトラーを積極的に支援してはいなかったが、ヒトラーが首相（カンツラー）に指名されると祖国のために忠誠を示すことになった。グスタフは一九四〇年の七〇歳の誕生日〔八月七日〕までナチ党員になることはなかったと、そこには明記されている。会社の伝統に深く執着していたから、グスタフとベルタはもっとも忠実だった永年勤続社員の金婚式に自分たちも参列するという伝統を何があっても守り続けた。そして、彼の伝記はこんな感動的な挿話で終わっている。長年にわたって、ベルタは身体が不自由になった夫をブリューンバハの邸宅の隣の小さな住まいで献身的に介護したという。この伝記では、強制労働工場のことも、苛酷な労働を強いられた労働者のことも、何ひとつ問題にされていない。

ヴィラ・ヒューゲルでの最後のディナーに戻れば、恐怖が収まるとグスタフは穏やかな様子で席に着き、囚人たちの顔は闇の中に帰った。しかし、一九五八年に彼らはもう一度闇から出てきた。ブルックリンのユダヤ人たちが戦時中の強制労働の賠償を要求したのだ。一九三三年二月二〇日の会合の直後から、グスタフはためらうことなくナチに天文学的数字の金額を提供してきたが、一九五八年には息子のアルフレートはそれほど気前がよくなかった。彼は戦後の占領軍がドイツ人を「ニグロのように」扱ったと言い張った男だが、それでもヨーロッパ経済共同体（ＥＣＣ）の最重要人物の一人になった石炭・鉄鋼王であり、ヨーロッパの平和を支える存在だった。その彼が、賠償金の支払いに応じるまで二年間にわたって交渉を長引かせた。コンツェルンの弁護士との毎回の交渉は彼らの反ユダヤ的中傷で中断されたが、それでも結局合意にたどり着き、クルップは収容所の徴用工一人あたり一二五〇ドルを支払う義務を負った。正当な賃金の未払い分全額に対してはごく少額だが、それでもマスメディアはいっせいにクルップの行為を賞讃したので会社にとって絶好の宣伝になった。やがて、徴用工だった四人がつぎつぎに名乗りをあげるようになると、一人あたりの賠償額は七五〇〇ドルに減らされ、その後五〇〇〇ドルになった。さらに多くの徴用工が名乗り出ると、最後にコンツェルンは、会社による自発的な賠償の支払いはこれ以上不可能だと彼らに告げた。ユダヤ人を雇ったことは高くつきすぎたというわけだった。

✶

私たちは決して同じ深淵に二度落ち込むことはないが、滑稽さと恐怖が入り混じった奇妙な状況には、いつも同じように落ち込んでしまう。そして、もはや落ち込むことがないように、私たちは淵の前で必死に踏みとどまって叫ぼうとする。ところが、しがみつく私たちの指を彼らは靴の踵で踏みつぶし、嘴（くちばし）で私たちの歯を砕き、両目をつぶしてしまう。深淵の周囲には大宮殿が立ちならび、そこは「歴史」の住まいだ。歴史は思慮深い女神で、その彫像は祝祭広場の中央に立ち尽くし、貢ぎ物として年に一度芍薬（ピヴォワーヌ）の乾した花束が捧げられる。小鳥たちのためのパンくずが、女神への日々の供え物だ。〔完〕

解説

「我々ドイツ人に歴史の教訓を伝えてくれるのは、目下のところ誰よりもフランスの作家たちだ」

（『南ドイツ新聞』二〇一八年八月七日）

ナチス政権前夜の民主主義のいとも簡単な崩壊、そして国家と党の組織を挙げての死の工場は、ナチス崩壊から七五年が経ったヨーロッパに今も暗い影を落としている。「なぜ」という問いとともに。研究書は、専門家ですら一生かかっても読みきれないだろう。政治史、経済史、外交史、社会史、思想史、軍事史。

しかし、研究書がいくらあっても、ヨーロッパが生み出した崇高な価値や規範のすべてを一気かつ残酷に破壊した歴史を反芻し考え直すのに、文学作品には依然として大きな役割がある。ギュンター・グラスの『ブリキの太鼓』などは、映画にもなって多くの人に政治とメンタリティの関係への反省を迫った。本書で重要なオーストリア・ナチスに関しても、音楽ファンが憧れるザルツブルクを「私の故郷の町は現実には死病にかかった町だ。……人間を敵とする建築と大司教とバカとナチスとカトリックの死の土壌で皆死んでいく」と書いた作家トーマス・ベルンハルトも重要だ。彼の最後の作品『英雄広場』は、本書にも出てくるが、ウィーンに入城したヒトラーが演説したハプスブルク家の宮廷前の広場のことだ。ベルンハルトの一生は、ナチとつるんだ、そしてそのことを長く認めようとしなかった自分の国への憎しみに尽きる。

ところで、このベルンハルトも含めて、ある時期から新たなテーマ領域が文学にとって浮かび上がってきたことはあまり指摘されていない。今でも作品が書かれ続けている大きな理由はここにある。それは、ナチス時代そのものを描くことももちろんだが、むしろ、ヨーロッパ中で殺戮のかぎりを尽くしたナチスの一二年間なのに、戦後の西ドイツで、そして西ヨーロッパで、しばらくのあいだ深く論じられなかったのは、なぜなのか、論じられるようになってからも、黙殺への圧力が現在までも続いているのは、どうしてなのか、という問いである。

ナチスの過去が、またホロコーストが広く論じられるようになったのは、六〇年代後半以降で、それまでの二〇年間は、静かだった。強制収容所の写真が与えるショックに凍りついてしまい、沈黙が続いていたのだろうか。冷戦状況もあってか、まずは秩序ある政治社会の再建に集中したのか、ナチの過去のことは無視・忘却されることが多かった。「強制収容所のことを言うだけでも品がないこととされている」とホルクハイマーは五〇年代に書いている(1)。過去に頬被りする雰囲気が、急速に豊かになってきた五〇年代の西ドイツの社会に蔓延していた。

それは、行政エリートや学問エリートの連続性にも象徴される。「非ナチ化」の手続きを終えた戦前のエリートたちは手についた血を拭って、役所や研究室に戻ってきた。代表的なのは、ニュルンベルク人種法の注釈を書いたハンス・グロプケがアデナウアー政権の官房長官として政府を取り仕切っていたことである。フランス文学研究家で「受容美学」で一世を風靡したハンス・ローベルト・ヤウスなども旧ユーゴスラヴィア地域での親衛隊による虐殺に無縁ではなかったようだ。

先に名前の出たオーストリアの作家ベルンハルトによるナチ批判の芝居『英雄広場』がウィーンのブルク劇場で上演された時は、反対派が劇場入り口に牛の糞を撒こうとする動きすらあった。オーストリア併合五〇周年の一九八八年のことだ。過去のことは言われたくない、言うのをやめよう、という沈黙の力が圧倒的だった。オーストリアといえば、一九七二年から一九八一年まで国連事務総長を務めていた元オーストリア共和国外務大臣ヴァルトハイムの、問題をはらんだ、それゆえ彼が隠していた軍歴も、八六年に大統領になって外国から批判が出るまでは、とやかく言われることはなかった。

そういう背景のゆえに、八〇年代になると文学でも、ナチ時代を直接扱うよりも、こうした戦後の対応への批判に軸足を移した作品が増えてきた。戦後も生きた人々が、沈黙の中で、そして六〇年代後半以降の新たな、そして先鋭な問いかけの中で自分たちの過去とどう関わってきたかが、大きな文学的かつ思想的素材となってきた。

ドイツでは、こうした意識的忘却と忘れてはならないという運動、隠蔽しようとする勢力と暴露を続ける批判の力、見苦しい弁明と仮借なき追及のせめぎあいが続いている。さらには、自分とどのように折り合いをつけながら戦後の日々の生活を、そして社会的上昇を「こなしてきた」のかが絶えず問われ、またそうした沈黙の重たい蓋が戦後世代にどれほどの胸のつかえとなってきたかが、数多くの文学作品でも扱われてきた。イギリスの大学に勤めていたドイツ人作家W・G・ゼーバルトの『アウステルリッツ』(邦訳、白水社、二〇〇三年)は、その典型だ。チェコから有名なユダヤ人児童救出作戦(2)によって四歳でイギリスに逃れた主人公アウステルリッツの戦後の過去探しをめぐる長編小説である。著者のゼーバルトはWinfriedという自分の名前すら拒否して、頭文字のWだけで略記していた。ナチ時代によくつけた名前だから。

ところが、冒頭の引用にあるように、このところ隣国フランスで、ナチ時代と戦後のさまざまな人生をつなげた文学作品が頻出している。理由はいろいろと考えられるが、大きいのは、フランスで戦後長く語り継がれてきた対独レジスタンス神話に大きな疑問符が付けられるようになったことであろう。フランス全体が決して左派レジスタンスで固まっていたわけではないというあたりまえの事実が重視されるようになった。さらには、対独協力は戦争中のフランスの大きなファクターだったことが再三指摘されるようになった。ユダヤ人狩りも、ナチの占領当局の依頼でやむを得なかったという言い訳が通用しなくなってきた。一九四二年七月一六・一七日のたった二日間で一万三千人のユダヤ人がパリで連行された(パリの冬季自転車競技場であるヴェロドローム・ディヴェールに集められたことからいわゆるヴェル・ディヴ事件と呼ばれる)。フランス当局が積極的に動いていたのだ。二〇一七年マクロン大統領は、「フランス警察のこの摘発活動には、一人のドイツ人も加わっていなかった」とはっきり認めている。(このスピーチは大統領府のホームページからも読める。https://www.elysee.fr/front/pdf/elysee-module-2020-fr.pdf)

他にも戦後の沈黙と関連する作品に、米欧およびイスラエルでのベストセラー『慈しみの女神たち』(邦訳、集英社、二〇一一年)がある。フランス語で書かれ、ドイツでも翻訳がよく売れた九百ページにもわたるこの長編小説は、やはり、かつての親衛隊将校が戦後フランスで工場経営をしながら、昔のことを書き記すという体裁である。著者のジョナサン・リテルはフランス市民権を持つアメリカ人である。さらに挙げねばならないのは、独仏両語に堪能の若い作家でジャーナリストのジェラルディーネ・シュヴァルツがフランス語で書いた『記憶を失った人々』である。これもノンフィクションの文学(「事実小説」というドイツ語の言い方がある)である。彼女のドイツ人である父方の祖父は、追放されたユダヤ人の企業を安く買い取って脱サラした人物。フランス人である母方の祖父はヴィシー政権の警察官で、どうやら国境を越えようとするユダヤ人のパスポートなどの検査をしていたらしい。父方・母方とも問題的な祖父を持つつらい運命だ。彼女自身のドイツ人の父、フランス人の母は、そういうナチ時代の親の過去からはっきり距離をとってはいるが、孫のジェラルディーネは調べれば調べるほど、戦後の「記憶喪失」に思いを深めざるを得ない。祖父が工場を買い取ったユダヤ人実業家は、幸い生き延びていて、戦後に祖父がその実業家に書いた手紙のコピーを実家の地下室で発見したことがきっかけのひとつだ。そこには、「いろいろあったけど、ともかくご無事でなにより」といった無神経この上ない、しかし本人としては礼儀正しいつもりの文章がつらねてあった。

他にもフランス語で書かれた重要な作品がいくつもあるが、スペースの関係で省略せざるを得ない。面白いのは、これら著者は、先のゼーバルトも含めて、多文化・多言語を背景としていることだ。シュヴァルツは両親がドイツ人とフランス人、育ちもドイツとフランスの両方の文化を背景とするエルザス。ナチの過去に関しては、もはやドイツだけの問題ではなく、ヨーロッパの問題となってきたこととともに、ヨーロッパ的規模のトランスナショナルな公共圏が複雑な網の目を作り出していることを感じさせる。

筆者の提案で塚原史氏に訳していただいたエリック・ヴュイヤールによる、ゴンクール賞受賞の本書も、少なくともドイツで評判になった理由は、こうした背景も見る必要があろう。後半で戦後への問いに触れられている。それはこういうことだ。ヒトラーのウィーン入城パレードに際して、それも先のベルンハルトのタイトルにある宮殿前の「英雄広場」でベンツから立ち上がってナチ式敬礼に手を差し出す総統に歓喜して手を振り、花束を投げた少女たちは、その後どうしていたのだろうか。今、どうしているのだろうか。老人ホームでこれまでの戦後の人生をどう考えているのだろうか、といった問いがなげかけられている。きっと彼らも「記憶喪失」で生きてきたにちがいない。

この作家もナチの問題をヨーロッパの現在の問題につなげている。彼は、メキシコやペルーに滞在し、タイトルもまさに『コンキスタドール』と題した、スペインの征服者たちについての小説で評判になった。一八八四年、八五年ベルリンで開かれたアフリカ分割の国際会議を扱った『コンゴ』もある。本書は、直接にはヒトラーのオーストリア併合(一九三八年三月のこの事件は、フランスでもドイツ語で「アンシュルス」というようだ)を扱っているが、やはりヨーロッパによる世界征服の過去とナチのヨーロッパ征服の試みとが重ね合わされているのではなかろうか。ファシズム批判がコロニアリズム批判へと複雑に拡大する。

本書も事実小説だ。七年間、ナチに関する膨大な文献を読み漁ったそうだ。チャーチルの自伝やイギリス政府首脳、例えばハリファックス卿の書いたものも含まれる。本書の中で、オーストリア国境を越えたドイツ軍がウィーンに向けて進軍している一九三八年三月一二日、チェンバレン首相主催の昼食会がダウニング街の首相官邸で「たまたま」開かれていた。第三帝国の外務大臣に就任したためにロンドンを離れる予定のナチの駐英大使リッベントロープのお別れの会だ。昼食会の最中にチェンバレンに、ドイツ軍が国境を越えたという情報をおつきが耳打ちするが、先刻承知のリッベントロープは、チェンバレンが外交礼儀をおもんばかって緊急協議のために退席できないように、どうでもいい話題をこれでもかこれでもかと振って長引かせる。一部脚色であろうが、チャーチルの自伝に、その日の昼食会が異常に長かった、という記述を読んで思いついたそうだ。

書きっぷりの紹介が先になってしまったが、本書の冒頭部と最後が全体の大枠を作っていることをまずは指摘しておきたい。ヒトラーが政権を取ったのが一九三三年一月三〇日だが、三週間後の二月二〇日にベルリンで、ゲーリングの招待で開催された重要な会議が、「秘密の会合」と題された冒頭のシーンだ。歴史的資料も山ほどあるが、出席者はクルップ家当主をはじめとして、自動車のオペル家、クヴァント家（のちのBMWのオーナー家）の当主、電機メーカーのジーメンス家の役員などなど、ドイツ産業を代表する二十数人の社長たちだ。ヒトラー総統も挨拶に出てきて、一人ずつ握手して話しかける。会議の議題（本書の原タイトルは「議題」の意味もある）は、金庫が空っぽの党への寄付。三月二〇日の選挙で圧勝して、ドイツ史上「最後の選挙」にするには、資金が必要だ。要請に応じて企業主たちはこぞって巨額の寄付をする。「この種の要請は、たしかに少々無礼ではあったが、その場の紳士たちにとってはちっとも目新しいものではなかった。彼らは賄賂や袖の下にはなれっこだったのだ。買収工作の費用は大企業の予算の不可避の部分を占め、ロビー活動、心付け、政党への融資など、いくつもの名目で実行されていたから、招待客の大多数はすぐに数十万マルクをナチ党に注ぎ込んだ」。

資本主義は政治的安定と利益のためならなんでもするのだ。この状況は今でも、そして日本でも変わらないだろう。そして、誰でも知っているこうした超大企業は、戦争を生き延びて、今でも繁栄している。その意味では、集まった重役たちは第二章のタイトルのとおり、ただの「仮面」に過ぎない。マルクスのいう「キャラクター・マスク」を若干ひねったこの表現はその通りだろう。一人ひとりの資産家はただシステムの関数で、彼らよりもシステムとしての企業はありとあらゆる悲惨と残虐を乗り越えて、その意味ではナチスをも忘却させて栄え続ける。「企業は男たちと一緒に死ぬわけではない。企業とはけっして死滅することのない神話的な身体なのだ。」

一人ひとりの企業主は「つらい」思いもするだろう。それが、巻末で迫り来る連合軍を避けて、オーストリアの片田舎に疎開する前の晩、クルップ家の、エッセン市に今でも記念館として存在する巨大な豪邸の晩餐の席での亡霊事件だ。すでに年齢と迫り来る敗戦の圧迫感からか、認知症気味のグスタフ・クルップの前の壁に無数の亡霊が現れる。それは強制収容所の囚人たちの亡霊だ。劣悪な環境で働かせ、会社としてはたっぷり儲けさせてもらった犠牲者たちの亡霊。恐怖の一瞬。

しかし、戦後に復活したクルップ社の当主でグスタフの息子のアルフレートは、強制収容所の数少ない生き残り、つまり「徴用工」への賠償に関しては、ケチのかぎりだった。父親はヒトラーには喜んで大金をはたいたのに。「彼らの名前はいまなお存在し、彼らの財産は途方もない。彼らの会社は合併を繰り返し、全能の大複合企業（コングロマリット）を形成している。テュッセン＝クルップ企業集団は鉄鋼業の世界的リーダーで、本部は今なおエッセンにあり、現在のスローガンは「公開性と透明性」だ。」

資本主義は焼け太りする。資本主義は不滅だ、と、嘲笑気味に言いたいかのようだ。あるいは、資本主義が続くかぎり、キャラクター・マスクとシステムによる残虐は繰り返されると暗示したいのだろうか？　冒頭でベルリンの街の通勤の人々のことを、「労働というつつましい、大きな嘘に浸りきって」と書く、フランス文学の伝統である巧みな切り捨てがこういうところで生きてくる。

しかし、フランス語では適切に「レシ récit」と言われるこうした事実小説が、ナチスの歴史を大河小説のように描いているものでないことは、紹介したシーンからも想像がつこう。むしろ、全体は、大枠の資本主義論とはちがって、この才人が映画も手がけるためか、さまざまなシーンが、それも滑稽だったり、怖かったりするシーンが巧みにコラージュされている。いわばミニマリスト的なシチュエーション描写が一六章に分けて続く。

オーストリアのプチ独裁者シュシュニクがヒトラーに睨まれ、怒鳴られてすくむシーンや、国境を越えたドイツ機甲軍団が、戦車や装甲車の故障で動けなくなってしまう滑稽なシーン、同じ頃、遠いパリの執務室でフランス大統領が宝くじの使い道の決裁書類にサインするシーン、スイスの保護施設でル・コルビュジエのいとこで画家のルイ・ステールがヨーロッパに襲いかかる黒雲を暗示するかのように、インクを浸した指で不吉な姿を描くシーン、亡命していたギュンター・アンダースが働いていたハリウッドの貸衣装店には、もうナチの将校の制服が映画制作用に並んでいるという、飽くなき資本主義の映画産業を象徴するシーン。大作『自由への道』の第二部「猶予」であのサルトルが何百ページもかけて、これまたさまざまなコラージュ的工夫を重ねて描いたミュンヘン会議のチェンバレンとダラディエの不安な日々と時間が、そして「平和の勝利」が数ページで描き出される。

ベルヒテスガーデンのヒトラーの山荘に呼びつけられたオーストリア首相シュシュニクがプレスをごまかすためか、スキー客の格好で駅に降り、迎えのナチの車列で山荘に連れていかれるシーンは物悲しい。山荘に迎え入れられたシュシュニクが話題に困って景色をほめると「我々は景色や天気の話をするために、ここにいるわけじゃないだろう！」とヒトラーに一喝されるシーンは臨場感がある。

全体に臨場感と、われわれが後から知ることになった裏の事件や背景が、そして当事者の観点とわれわれの知っている全体の帰結(例えば、ニュルンベルク裁判を受けてのオーストリア・ナチ党の幹部ザイス＝インクヴァルトの絞首刑、逆にシュシュニクが戦後アメリカで大学教授になった閲歴)とが、明確な方法意識によって巧みにミックスされているところが本書の魅力だ。そこには、当事者たちが思った通りにいかなかったこと、歴史に隠れてしまったヘマも含まれる。例えば、シュシュニクの辞表を大統領ミクラスがしばらく受け取らなかったエピソードや、やっと受け取ったと思っても、今度は、オーストリア・ナチ党のザイス=インクヴァルトの首相任命に反対した話が続く。気の弱い大統領が急に勇気を出したのだ。どのみちオーストリアに侵入する「予定」(ordre de jour)のヒトラーにはどうでもいい話かもしれない。だが、ヒトラーとその取り巻き側でも、できることなら、オーストリア側の要請で進駐したことにしたい。国際的評判もあるから、自分たちが本当は軽蔑し、無視している法的形式を守っておきたいのだ。でも本当はどうでもいい。「既成事実のほうが法や権利より信頼できるのではないだろうか?」。現在でもアクチュアルな問題である。日韓併合も大韓帝国側の要請というように力で仕向けられたことが思い起こされるが、イラク侵攻の時の国連安保理でのアメリカの態度、日本国憲法への歴代政権の態度も同じだ。当時のアメリカは、とっくにイラク侵攻を決めているのに、形式を守るために安保理のお墨付きが欲しかったのだろう。とっくに憲法を無視しているのに、やはり形式を守るために改憲したいのだろう。できるだけ辻褄あわせはするが、いざとなれば、そんなことはどちらでもよく、力で押しきるという、法や権利への道具的・便宜的対応——日常生活でも見られるファシズムの原型だ。

そのほかにも、シュシュニクとザイス=インクヴァルトの二人が作曲家ブルックナーに心酔していることを確かめ合う狂気じみたシーン、あるいはチェンバレンがドイツ大使リッベントロープに家を貸して、たっぷり家賃を得ていた話など、歴史の薄汚い楽屋裏の話が色々と出てくるが、最も辛いのは、オーストリア併合直前と直後に、屈辱と絶望のあまり自殺したウィーンのユダヤ系市民についての記述だ。直前だけですでに千七百人に達する。ガス自殺も多かったので、ウィーンのガス会社はユダヤ人へのガス供給を停止した。ヒューマニズムからではない。発見されるまで放出され続けているガスの料金は払ってもらえないからだ。これについてのベンヤミンの一九三九年六月七日の友人への手紙が引かれる。

もちろん、ここに紹介した多くのフランス作家に共通した現代史の事実の文学的な掘り返しには、批判もあるかもしれない。文学的想像力が犠牲にされている。文学とはもっと現実を越えた世界を遊弋(ゆうよく)するものだ、などなど。しかし、こうした新しい「社会リアリズム」についてヴュイヤールは『ツァイト』紙のインタビュー(二〇一八年五月二日)で、現代社会の新たな冷さ、パリでの家賃の高騰、若年失業率の高さ、目に余る貧富の格差を指摘しながら、次の言葉でインタビューを終えている。「特定の時代においては、書くことは、事実に従わねばならないのです」。「特定の時代においては」――重い言葉だ。

(三島憲一)

(1) Max Horkheimer, *Notizen 1950 bis 1969 und Dämmerung*, Frankfurt am Main 1974, S. 22

(2) かつて東西ベルリンを分けたフリードリヒ・シュトラーセ駅の出口には、この児童輸送の記念碑がある。二つのグループの児童のうち一つは東ヨーロッパからイギリスに逃げられた子どもたち、もうひとつは強制収容所に移送されて戻ってこなかった子どもたちを表している(https://en.wikipedia.org/wiki/Trains_to_Life_-_Trains_to_Death)

グスタフ・クルップ
Gustav Krupp v. Bohlen und Halbach, 1930. Georg Pahl, Bundesarchiv

ショルフハイデのハリファックス卿(左)とゲーリング(右)
Schorfheide, Lord Halifax, Hermann Göring,
20. November 1937. Georg Pahl, Bundesarchiv

クルト・フォン・シュシュニク
Vues de Genève : Schuschnigg, dans son appartement, 1934.
gallica.bnf.fr, Bibliothèque nationale de France

ヨアヒム・フォン・リッベントロープ
Joachim von Ribbentrop und Ante Pavelic, Salzburg, Juni 1941. Henkel, Bundesarchiv

オーストリア併合．街道を進むドイツの戦車
Anschluss Österreichs, Panzer II auf Landstraße, Österreich. 13. März 1938. Bundesarchiv

英雄広場で演説するヒトラー
Anschluss Österreichs an das Deutsche Reich 1938, 15. März 1938.
Österreichische Nationalbibliothek

訳者あとがき

本書はÉric Vuillard, L'ORDRE DU JOUR/RÉCIT(Actes Sud, 2017)の全訳であり、原書は二〇一七年ゴンクール賞受賞作である。この賞は一九〇三年創設のフランスで最も重要な文学賞で、過去の受賞者には年代順にバルビュス、プルースト、マルロー、ボーヴォワール、モディアノ、デュラス、ウエルベックなどフランス近現代文学を世界に代表する作家が名を連ねているが、原則としてロマン(長編小説)に授けられるこの賞(詩は対象外)をレシ(事実にもとづく物語)で受賞したのは、筆者の知る限り一九四〇年のフランシス・アンブリエールの自伝的物語『長い休暇』以来二度目である(第二次大戦中ドイツ軍の捕虜になった著者の手記で一九四六年出版だが、授賞のなかった一九四〇年に繰り上がった)。

著者のエリック・ヴュイヤールは一九六八年リヨン生まれで、高校時代に各国を放浪してから大学に進み、哲学・人類学の学士号と歴史学・文明論のＤＥＡ(高度研究課程証書・博士論文提出資格)を取得、一九九九年に最初の物語『狩人』を刊行した。その後「解説」に紹介されている『コンキスタドール』(二〇〇九年、イグナチウス・Ｊ・ライイ賞)、『コンゴ』(二〇一二年、フランツ・ヘッセル賞)、さらには『大地の悲しみ』(二〇一四年、一九世紀アメリカの西部劇興行主バッフアロー・ビルの物語、ジョゼフ・ケッセル賞)、『七月十四日』(二〇一六年、フランス革命の発端の裏面史、アレクサンドル・ヴィアラット賞)、『その日の予定』(二〇一七年、本書)、『貧者たちの戦争』(二〇一九年、ドイツ農民戦争に取材した歴史物語)などを次々と出版、本書を始め多くの受賞作があり、現代フランス文学を代表する作家の一人だ。上記の作品は『コンキスタドール』(ロマン)以外すべて「レシ」である。映画監督としても知られ、二〇〇八年に『マテオ・ファルコネ』(メリメの同名の小説の映画化)を製作した。

翻訳について記せば、まずL'ORDRE DU JOURには「会議や会合の議事・予定」、「日日命令(軍隊の行動指令)」などの語意がありRÉCITは前述のジャンルなので、「解説」に詳しく書かれているように、ナチが「予定」どおり野望の実現をめざして挫折へとむかう日々の出来事のリアルな描写を踏まえて、邦題は『その日の予定――事実にもとづく物語』とした。本文中でL'ORDRE DU JOURという表現は、ナチ幹部と財界人の秘密会の会場設営に関して「銘文の準備はその日の予定には入っていなかった」(一一頁)と、ベルリン・ウィーン間の電話盗聴に関して「ゲーリングはその日の予定を電話で指示している」(一〇一頁)の二カ所で用いられている。また、読者の便宜を図って訳注および訳者の補足は訳文内に〔 〕で記し、原書にはないが各章に番号を付した他、現代史の暗部に迫る人物群像の展開という本書の性格を考慮して、編集部により主要登場人物の一覧表を作成し関連写真を挿入した。「事実にもとづく物語」の臨場感を実感して頂ければ幸いである(原文に頻出するReich, le troisième Reichは同じ語意だが、訳語は「ライヒ」、「第三帝国」とした)。なお、本書は英語・独語・韓国語からエスペラント語まで多言語に訳出されており、邦訳にあたり英独の訳書を参照した。

『その日の予定』の概要については三島憲一先生（数十年前のベンヤミン『パサージュ論』翻訳研究会以来多くの教示を受けているので、こう呼ばせて頂く）の読み応えのある「解説」が意を尽くしているから重複は避けて、著者の発言を紹介しておこう。刊行直後のインタビューで、ヴュイヤールは執筆の動機について、こう語っている——「第二次世界大戦はおそらく史上最も悲惨な出来事であり、多くの恐るべき事態がそこから始まりましたが、資本主義はそれらに実に巧みに順応していきます。そんな資本主義が支配的であり、退行的なイデオロギーが私たちを脅かしている現代という時代に、人々を不安にさせる資本主義の無気味な適応能力を間近で注視することが有益であると私には思えたのです」。過ぎ去った歴史を題材にしながら「資本主義」という怪物にますます翻弄される現代人の課題を問う鋭い視線が特徴的な言葉である。

また、「いちばん大きなカタストロフは、しばしば小さな足音で近づいてくる」（七〇頁）という視点から本書が大事件ばかりでなく、歴史書には記載されない数々の細部に強烈な光を当てている点について、次のように述べていた——「私たちはみな〔ポーの〕盗まれた手紙の犠牲者です。必死になって探している手紙は、実は目の前にあるのです。歴史上あまり知られていない出来事を見つけ出すのはしばしば意味深いことです。だからといって、大事件を無視してよいわけではありませんが、『その日の予定』で、私は大戦の発端〔オーストリア併合（アンシュルス）〕と結末〔ニュルンベルク裁判〕を語りながら、戦争自体にはふれませんでした。そして結局、物語の終わりには最初と同じ企業主たちが再登場するのです」（*Magazine littéraire* 誌・二〇一七年七／八月号、邦訳筆者）。細部といえば、シュシュニクの不安そうなポートレートがトリミングの操作で謹厳な公式写真に変わる過程をオリジナル写真の分析から見抜き（三六頁）、アンシュルス当時のゲッベルス演出によるニュース映画が「歴史の捏造のモデル」であることを暴いた（一一二頁）著者の努力は貴重であり、過去の事件を私たちと同時代の出来事として描こうとするヴュイヤールの映画人的感性が伝わってくる。

この点をめぐって、彼は最新作『貧者たちの戦争』について以下のように述べているが「終わっていない歴史」に乗り込むという発想は本書にも通じるヴュイヤール文学の魅力である――「史実に接して私が抱いた感情は、まだ終わっていない歴史を書こうというものでした。終わっていない歴史を記述することで、読者も作者である私も一緒に同じ船にいやおうなく乗り込むことになるのです」（France Culture 放送・二〇一九年一月二五日の発言、邦訳筆者）。歴史を現在形で捉える認識に重ねて、ヴュイヤールは本書で「ヒトラーの身体は私たちの夢や意識の内部に入り込むに違いなかった。〔…〕人間たちが彼らに取り憑いた影法師を刻みつけたあらゆる場所で、私たちはヒトラーの身体を再発見するだろう」（四〇頁）と書いた。この重い言葉は、アウシュヴィッツ解放七五年をへた現在なお、私たちに過去の忘却を許さないのだ。

翻訳の仕事について少しだけふれておけば、「解説」の記述通り、本書を独語訳で読んだ三島憲一先生から私に邦訳の提案があり、二〇一八年末にパリ、セーヌ左岸の書店で原書を入手、早速読んで感動を覚え翻訳に取りかかることにした。ちょうどヴュイヤール『貧者たちの戦争』の執筆につながるジレ・ジョーヌ（黄色いベスト）による既成の支配体制への無秩序な反乱が始まった頃である。訳出の過程では、とりわけドイツ、オーストリア関係の事項や人名などを三島先生と岩波書店編集部の吉川哲士氏にご教示頂き、訳文の推敲に至るまでお二人の貴重な協力を得ることができた。とりわけ出版作業の終盤で、新型コロナウイルス感染の世界的拡大という予期せぬ事態が発生し現在に至っているが、なんとか刊行に漕ぎ着けられたのは吉川氏の献身的な努力のお蔭である。三島先生と吉川氏のご尽力に改めて感謝の意を表したい。

二〇二〇年五月

塚原　史

エリック・ヴュイヤール(Éric Vuillard)
1968年フランス・リヨン生まれ．作家，映画監督．主著に本書(2017年ゴンクール賞受賞作)のほか，*Conquistadors, roman* (Éditions Léo Scheer.『コンキスタドール』，イグナチウス・J・ライイ賞)，*Congo, récit* (Actes Sud.『コンゴ』，フランツ・ヘッセル賞)，*Tristesse de la terre, récit* (Actes Sud.『大地の悲しみ』，ジョゼフ・ケッセル賞)，*14 juillet, récit* (Actes Sud.『7月14日』，アレクサンドル・ヴィアラット賞)，*La Guerre des pauvres, récit* (Actes Sud.『貧者たちの戦争』)など．映画監督作品として，*Mateo Falcone* (『マテオ・ファルコネ』)などがある．

［訳者］
塚原 史(つかはら・ふみ)
1949年生まれ．早稲田大学名誉教授．専攻はフランス文学・思想，表象文化論．著書に『ダダイズム――世界をつなぐ芸術運動』(岩波現代全書)，『ダダ・シュルレアリスムの時代』(ちくま学芸文庫)，訳書にJ.ボードリヤール『消費社会の神話と構造』(共訳，紀伊國屋書店)，D.エリボン『ランスへの帰郷』(みすず書房)ほか多数．

［解説］
三島憲一(みしま・けんいち)
1942年生まれ．大阪大学名誉教授．専攻は社会哲学，ドイツ思想史．著書に『ベンヤミン――破壊・収集・記憶』『ニーチェかく語りき』(以上，岩波現代文庫)，訳書にJ.ハーバーマス『ヨーロッパ憲法論』(共訳，法政大学出版局)，J.ハーバーマス『デモクラシーか資本主義か――危機のなかのヨーロッパ』(編訳，岩波現代文庫)ほか多数．

その日の予定──事実にもとづく物語
エリック・ヴュイヤール

2020年6月23日　第1刷発行
2020年9月15日　第2刷発行

訳　者　塚原　史（つかはら ふみ）

発行者　岡本　厚

発行所　株式会社　岩波書店
〒101-8002 東京都千代田区一ツ橋2-5-5
電話案内 03-5210-4000
https://www.iwanami.co.jp/

印刷・三陽社　カバー・半七印刷　製本・牧製本

ISBN 978-4-00-022972-2　Printed in Japan